O FEROZ CÍRCULO DO HOMEM

Carlos Nejar

O FEROZ CÍRCULO DO HOMEM
Romance

LetraSelvagem

Grafia atualizada segundo o Acordo Ortográfico da Língua Portuguesa de 1990, que entrou em vigor no Brasil em 2009.

Direitos desta edição reservados à
Associação Cultural Letr*a*S*e*lvagem:
Praça Santa Cruz da Exaltação, 21 - Jd. Maria Augusta -
Taubaté-SP/Brasil - CEP 12.080-540. Telefone: (55) (12) 3635-3769.
E-mail: letraselvagem@letraselvagem.com.br
Sítio: www.letraselvagem.com.br

Diagramação: Cesar Neves Filho
Capa: James Cabral Valdana
Ilustração: Montagem de "L'Homme qui marche II" (Alberto Giacometti) sobre "Senecio" (Paul Klee)
Preparação de texto e revisão: N. Sena

Posfácio: Diego Mendes Sousa

O logotipo Letr*a*S*e*lvagem *foi idealizado a partir de cerâmica Aruak, padrões utilizados nas bordas dos vasos, compilados por Koch-Grunberg em 1910.*

Coleção Gente Pobre
Organizador: Nicodemos Sena

Dados Internacionais de Catalogação na Publicação (CIP)
(Letr*a*S*e*lvagem, Taubaté, SP, Brasil)

Nejar, Carlos, 1939 —
O feroz círculo do homem / Carlos Nejar. —
Taubaté, SP: Letr*a*S*e*lvagem, 2015.
160 p.
1ª edição
1000 exemplares

ISBN 978-85-61123-19-2

1. Literatura Brasileira — Romance
I. Título. CDD — B869.3

coleção gente pobre
Vol. 10

SUMÁRIO

Para Elza,
sempre.

"E sacudir de nossa carne
farta do mundo o jugo
das infaustas estrelas."
WILLIAM SHAKESPEARE

"Ouvi dizer que há
na água uma pedra e um círculo
e sobre a água uma palavra
que ao redor da pedra pende."
PAUL CELAN

"Coisa viva, ao peso
do que és."
PAUL VALÉRY

"Amor tem raiz no ouvido."
LONGINUS
(*Livro das Vidências*)

O FEROZ CÍRCULO DO HOMEM

CAPÍTULO PRIMEIRO

1.

Saí de um ovo de dentro da morte. Agora estou vivo e não careço da morte para nada. Nem para ela mesma.

Sim, nasci entre cercas e bois. Ao abrir os primeiros olhos, vi que a luz não mente.

Moro em Pontal de Orvalho, que conheceu o apogeu, com "O Poço dos Milagres", ou bem antes com a valerosa cavaleira andante, Letícia do Pontal. Depois foi abalada por um terremoto, deixando a região em ruínas, que, segundo os Anais da história, dizimou tantas vidas, trazendo patrimônio de escombros.

Era uma vasta comunidade, com acampamento, cercado de prédios, tendas, soldados, povo e no crescer da aldeia, evoluía para cidade.

O governo de Pontal de Orvalho era do secreto e numeroso Círculo, que se propagava por outro maior, o do espaço, começando no cimo do monte, com três pedras redondas e brancas, duas na ponta e uma no meio. Ninguém sabia o que significavam, nem os soldados. Nemêncio, um dos anciãos, não muito preso aos enigmas, dizia que uma pedra era uma pedra e não precisava significar nada. Completando com o fato de a invenção humana não ter limites.

Mas, eu, Tibúrcio Dalmar, que fiquei relator destes acontecidos, tive conhecimento de que havia um nome nas pedras, de origem misteriosa. Talvez legível a um profeta, mas não havia ali ainda nenhum profeta.

Na região, perto de tendas, árvores, corria o rio João Aragem, de tranquilo curso e, para alguns, tinha a perna de Deus. O que não carecia de ver, se o povo imaginoso acreditava e lendas se fazem na arribação.

O rio era cortado por uma floresta cheia de aves que pareciam possuir linguajar diferente do comum da espécie, passando o tempo todo sussurrando. Era sabido ser a floresta frequentada por tigres, leopardos e outros bichos, mas nenhum invadia o acampamento, ousando atravessá-lo. Por ter sido posto nele, lado a lado, uma palavra que impedia. Parte dos habitantes eram longevos, banhados pelo manancial que provinha do rio. Mostrando quanto aqueles humanos não sabiam o que fazer de sua humanidade. Mas poucos, apenas os escolhidos.

Presos nos limites das cercas, criavam cercas em si mesmos. Não havia culpa capaz de engolir a consciência. E as palavras só começavam a sair quando elas começavam a calar. E a vida estava em morte para sentir-se viva.

Eu assumia, aos poucos, aquela civilização, até que um dia viesse toda para mim. E quanto fui aprendendo de que o que é vivo se devora. Mas não deixo de viver por causa disso. Porque resistir é devorar furiosamente o que nos devora. E o gênero humano não estava perdido. Porque o que é vivo não se extingue: consertam-se os buracos das goteiras, conserta-se a goteira do infortúnio. Sem nenhum raciocínio de alma. Porque alma não precisa raciocinar.

Ninguém indagava também por que aquele mundo existia, como se existisse tão antes, que não coubesse questionar. Mais que a perturbação mental, é a perturbação dos sonhos. E o fato de as coisas existirem, acostuma como o limo no muro que não se percebeu antes.

As coisas acontecem com a nuvem de não estarem acontecendo. E retê-las é não as reter.

E friso que aquela comunidade tinha as tendas enfileiradas, imóveis na planura e na baixada. Perto situava-se o rio. Mulas e burros capengavam, alguns cavalos inflavam as narinas e as chaminés das barracas fumegavam entre sebes, seixos. E o calcanhar do sol fixava a demarcação. Quem não pode comer o sol, come o deserto.

2.

Cresci desalentado. Anos se passaram, ficando eu a espiar as aves como avoantes botas, os soldados rangendo com os pés a areia e a existência do Círculo e as frestas da consciência, que se tornava coletiva. E eu vivia em círculos e falava em círculos, como se imitasse os pássaros.

O portão principal estava constantemente trancado, por força de hábito. Não havia categorias entre os habitantes e nem carecia. Os nomes se entreteciam no convívio. Nem se distinguiam, salvo em casos ou motivos especiais os rostos, como se todos usassem, como hábito de viver, a mesma cara, até mesmo o cavado sorriso. E eu estava convicto de tanto inquirir, que o corpo vê melhor do que os olhos. Fora os maquinais cumprimentos, ou acenos, o silêncio parecia um crustáceo dentro de outro, enroscando-se. E ali estava encurvado como se eu fosse um bisonte na rocha. A sirene tocava e os pães dormidos, ou distribuídos no dia anterior sonhavam, duros, pétreos nas bocas famintas. Alguns conseguiam na padaria da comunidade, pães novos, subtraindo-os da reserva aos regentes. Durante a noite, cada um escutava o que ela tinha a dizer. E era nada. E eu pensava: criar é tirar a alma do nada. Esquecer é tirar nadas da alma.

E nada pesava tanto quanto nada. Enquanto no estômago, a pedra do pão era um nada.

3.

Suportei. Não por ser maior ou menor. Tinha consciência da bondade e um homem tem o direito de pensar acordado. E calibrar de vento a alma a impede de fenecer. Mas ouvia o silêncio e o silêncio é pedra. E tinha na mão uma palavra. Única. Dentro de uma estrela. Suportei a dor de estar dentro de uma estrela. Tenho palavra ainda. Quanto tempo conseguirei suportar, Kafka, sua angústia e a destes habitantes, suportando-me de tanto me suportar?

Mas o que não disse é que brotei das palavras como os pássaros nascem dos pássaros. E nos fitamos. E os passarinhos ficaram palavras e eu, passarinho. Com a cautela de não me parecer com eles. Desapareceu logo, ao virem que eu também voava. Quando me desequilibrei, o amor principiou a nascer. E o que nos cura de amor, não nos cura de ter uma só alma. O que é vivo nos engole. Mas temos palavra que engole o que nos engole.

Sim, suportava de voar, mas não podia então, por lei superior ao meu entendimento, de sair fora do Círculo que tinha soberania em Pontal de Orvalho. Mesmo que mordido pela tentação de fazê-lo. Ainda que sem entender, não devia.

Nem trairia o milagre, para que o tempo se exilasse. Opor-me ao maravilhoso, é opor-se a Deus. E como, se mesmo vinculado ao Círculo, estou no ar onde Deus dorme? E ouço afirmarem demasiadamente que as coisas morrem. Nada morre em definitivo. Nem a morte. Suportei.

4.

A palavra parou na boca da semente e eu parei na boca da palavra. E a morte não precisa de semente para brotar. Sim, saí de uma semente, era um ovo de dentro da morte. E se entrei na loucura, foi difícil escapar. Se não a compreendo, faz-me companhia.

A noite é um estado de água preso na rocha. Preciso dizer que te amo, palavra, antes de voar. Depois será tarde. E as coisas se dão abaixo de mim, como o céu abaixo das estrelas. Não me acrescento de alma. E ela é o corpo de minha sombra. Sou de uma raça que não cai: só Deus sabe o que fazer de mim.

As ruínas me trabalham. Eu não me curei de amor. E a morte me curou da morte.

5.

Nasci como uma pedra que não levanta sozinha. Mas a pedra tinha luz debaixo e me arrastou. Vi tudo acontecer, sem que acontecesse. Saí da palavra para sair da morte. Mas não é a palavra que mata. A palavra come a morte e depois fica jiboiando calada. E continua palavra, continua incessante, continua comendo a morte.

E vi que Deus tem saudade da infância, tem saudade de si mesmo. Vou — ouçam bem — vou empalhar a morte como um passarinho.

6.

A palavra só se abre ao parir. Quando parimos nela o que sai do casulo é a palavra. E depois saí dela, fui saindo. E eu não sabia discernir se era eu, ou palavra. Depois me dei conta de que fui parindo com a cabeça para fora da palavra e a cabeça para fora da árvore. E estremeço a floresta por ser diferente. E a natureza, mais do que os humanos, respeita as diferenças. É como no corpo o espírito principiou a crescer até se perder em Deus.

E o amor pelos seres não veio de primeira vista, mas de última, a que se armazenou de ver. Como o pão da padaria, que era pesaroso e pétreo, por exigência da fome chegou a ser palpitante, apetitoso. Pois a fome não tem paciência.

Como estou atado aos ossos, eles se movem, quando me movo. E nem é preciso que os mortos se expliquem aos vivos. Andam por demasia absorvidos em errar sob a terra, ou comer cogumelos e ervas.

7.

Não nasci com estes óculos. A miopia veio depois. Mas a morte não carece de óculos. Por inexistir miopia na morte. Aliás, não há na escuridão ciência alguma, salvo a dos ossos e essa apenas reconhece a azul matemática do vento.

E sob a terra, o tigre não se contenta com ração de gato.

Nasci no vagar, nasci de não morrer. Até o amor não vir devagar, para não nos sufocarmos ou explodirmos diante de sua matéria demasiada. E cuidar da semente é prudência, para que as aves não as comam. Não vivemos os mortos. Eles é que, sem saber, nos vivem. E reverdecer é tirar férias da morte. Mas aqui todas as teorias me recusam. O que nos salva é a energia atômica da imaginação. E se de nascença conheci a esperança, ela nunca cresceu. Endoideci na luz. Mas o que sei é tão glorioso que não se esgota na vida.

8.

Nasci de inventar muito. E de inventar, recupero a saudade. Nasci para fora da noite, com a boca nas estrelas. Sopro e elas ventam.

Não discuto com a imaginação, nem com os pássaros. Sou da imaginação de Deus. Faço seu fogo puro ficar mais só.

E um clarão desceu sobre as três pedras circulares no cimo do monte. E elas incendiaram, como se tocadas de trovão. E o povo se amedrontou diante desses mitos tão antigos, tal se com as fendas vivos e mortos balbuciassem. Quando os mitos relatam o que podem, os homens reúnem o que eles separaram. E reuniram-se os habitantes em torno dos círculos relampejantes, achando no ruído a voz de gerações.

Os soldados que guardavam o lugar não sabiam o que fazer com essa realidade, já que o ritual dos costumes foi rompido. E dali brotou uma fonte que vinha das profundezas, com a água do espírito que se movimenta sob o sol.

E a água era de curas irrefutáveis. Como se tivesse o filão no escuro, promanado do rio que diziam ser a perna de Deus. Felipe, o agricultor, tinha pés tortos. Ao contacto com a água, os endireitou. Celina, a que organizava os legumes da comunidade, era coxa de nascença e se viu atingida de cura. E o menino Juventino, que era vesgo, acendeu os dois olhos grandes e perfeitos. Consta que a fonte aumentava o amor, mas nenhum exemplo sobre o assunto veio a lume. E o que é vivo, agora, ao invés de engolir, consola.

9.

A palavra que me pariu é a palavra que sou. Fui tomando estatura, como se minhas formas fossem as palavras e meu corpo se enfiasse nelas. Eu andava e elas andavam comigo e minha fala saía delas, tal se um oráculo.

Minha cabeça parecia fora da árvore e num instante, a testa era palavra que magicamente se ampliava. O que era humano se amalgamava com traços velhos, cicatrizados.

Não percebia em que parte a humanidade foi absorvida de palavras e essas, de humanidade. E entrava meu corpo na palavra , para sair da morte. Mas não é a palavra que mata ou devora. A palavra come a morte e era um homem que tirara a morte de si, como um veneno. Com a marca do mortal se encolhendo para sempre.

Porque só a vida se adiantava de vida. Até a memória não se atrasava de existir. O que não se conforma, se retira com as coisas que vagam sós.

10.

Nascera como de um ovo, fui resguardado do bico dos pássaros e ganhei nova consciência, parido de palavra. Não sei quem sou, mas quem saberá? Não quis buscar um nome, que o nome me procurou: Tibúrcio Dalmar. Os que me rodeiam, chamam-me de "ser" para cá e para lá. E as minhas palavras não se apressam de dizer quem sou.

Bicho dentro da palavra, palavra dentro do homem e homem dentro de Deus. Tive o privilégio de ver Deus dormindo e era tão belo!

A palavra se esconde de ser palavra e eu me escondo de mim. O que me faz universal como um rio e uma árvore. Mas não tenciono nada. Quero apenas verdejar e existir. Não amadurecer nunca: proximidade do fim.

E se começo de palavras, elas têm infância que não acaba. E eu sou, serei o que não saiu da infância.

11.

Quando penso em coisas altas ou de celestes esferas, indago perplexo de como minha alma está neste corpo e ao mesmo tempo, a percepção de elevadas coisas que se revelam em mim. É como raciocino que tais infusões eternas se aprumam na palavra que sou, mesmo que o corpo fosse alma. E o movimento gerado na altura como pode estar em repouso? Talvez por sermos feitos de matéria una. Porque o que está em andamento descansa, o que vai em descanso, anda.

E um bem-te-vi na árvore me fixava, reparando os humanos. E reparam o que não reparamos.

Mas por que temos de dar satisfações aos pássaros? Não somos obrigados a explicar, muito menos a natureza. Ela nos explica e basta. Não cabendo, como na suposta história de Aristóteles, que, ao não resolver a questão das marés, atirou-se nas vagas. Dizendo: — Como não posso abarcar-te, tu me abarcas! E eu não tenho que abarcar nada, nem sou acaso parturiente de marés. Se expulso a natureza, ela retorna. E se não a decifro, importa que me decifre.

Não catarei as cinzas, são informes e vieram de muito fogo. Deixo-me levar de viver, para que nada impeça meu olho de descobrir o jumento na pele de leão.

Cinzas, cinzas, cinzas. É onde irei sobreviver.

12.

Resisti tanto tempo no Círculo que não resisti. Não quis resistir. Estava eu posto dentro de outro em mim. Um outro que não morria, outro, eterno e outro, empedernido que durava. E resistir era teimosia, ou clarividência, ou nada. Um sorvo de não recuar mais. A luz em mim não recua. A palavra na luz não recua. E vou criando peles em mim, pele sobre pele e julgo que vêm das palavras. Se alguma pele morrer, a outra, mais viva, a substitui. E as palavras se cobrem de mais palavras. Sou maior do que o silêncio. E o silêncio não parou de crescer. Não parou de ser outra pele, agora imune à morte.

Era toda a humanidade que resistia. Não por estar em mim. Mas por eu estar nela.

13.

É incurável a desordem de viver. Habito numa tenda que compõem, com outras, o desenho de uma caverna circular — dos montes ao rio João Aragem. Todos os habitantes, como eu, possuem a marca de um "c" na testa, que depois secou e desapareceu.

As leis vigoram, mas ninguém sabe quais são. Só os soldados às vezes as lembram e logo esquecem, como se caíssem pelo ralo da alma.

Nos começos, ali não era a cegueira que evoluía, mas certa alucinação, de tio para sobrinho (não de pais a filhos), por adventícia engenharia genética. Uns previam que vinha da solidão das tendas, para outros era energia que se propagava imperativamente das três pedras circulares do monte. É claro que havia a versão de que essa espécie de loucura proviesse dos olhos do vento. Mas tendia a ser uma versão bárbara e bárbaros são os que residem no lado soturno do refúgio dos vivos.

14.

Os casos alucinatórios se sucederam. Zeca, barbeiro, com a navalha na mão, em seu salão, numa das tendas, teve um acesso e começou a ver sombras espessas, que o rodeavam. O cliente saltou da cadeira espavorido. E Zeca tombou ao solo, exausto por tão grande excitação. Seguindo a linha de tio a sobrinho, foi a alucinação de um ferreiro, ainda jovem, que principiou a bater com martelo na forja e se desvairou e batia, batia na parede, atrás da astuta sombra.

Alguns, como Theodorus, alegam que essas alucinações são formas de sonhos mudarem de natureza. Ao serem tão reais, tornavam-se sombras vivas como fantasmas que se entreteciam. E segundo um teórico, não deixavam a imortalidade dormir.

Para outros, a alucinação é sonâmbula para escapar da morte. Não faltou quem sustentasse que as tais alucinações eram singulares e apareciam em instantes de desânimo, tendo os pensamentos em ossos e músculos, completamente desorientados.

Convenço-me cada vez mais de que a realidade existe por causa da imaginação. O que nos sustenta, nos devora.

15.

Não tenho olhos atrás da cabeça, como queria "Alice através do espelho", de Alexis Carroll. Mas tenho olhos através da alma e muita alma atrás dos olhos. Além dos olhos, atrás das palavras. E não há sonho que não seja de primeira mão.

Por experiência, hoje tentei dormir de pé e nada. Cavalo dorme de pé e eu não consigo. Mas há um cavalo dentro de mim que dorme de pé. E os sonhos meus e os do cavalo não coincidem. E pode o tronco do homem dormir no do cavalo? Ou pode Deus dormir onde a infância dorme? Quem me ouve, ao acordar dentro de uma pedra?

16.

Prendo a semente na boca e a morte não carece de sementes para brotar. E esta semente é vida, não me foge. E é desmesurada. Fica exposta, para que a alma penetre nela. Posta na terra, vai comendo a terra, mastigando a noite da terra, até que a terra a coma e ela possa rebentar.

E sei que a lua é a semente grande do céu: se não mergulhar na treva, como poderá nascer? Tudo o que tem cara de semente é palavra. Não preciso mais morrer. E não podendo falar, me calo.

Meu vizinho René, que não era Descartes por acaso, teve um ataque de alucinação, redigindo um outro "Discurso do Método", sobressaindo-lhe a marca "c" da testa (a minha já sumira), num ostensivo músculo. As letras no caderno pareciam ébrias por suas ideias e não conseguiam se conectar como um trigal na tempestade.

E o tal monólogo de René, padeiro, com mania de filósofo, era indecifrável. Achava que a biblioteca precária, de raros livros, era a continuação da padaria. E a massa lógica da farinha na feitura do pão, o mais aventuroso método.

No auge do paroxismo, bradava: — Por que a loucura não pode escutar a razão? E quem segurar a razão na boca, verá que ela não possui semente alguma.

17.

Eu não apreciava a frequência de visitas. E me apareceu um tal de Ribeiro, desocupado, grisalho, de uns cinquenta anos.

Tinha o propósito de pedir conselhos.

Não pude negar-lhe pela insistência. Mas que conselhos dar a alguém? Se desse o de "conhece-te a ti mesmo!" — diz Goethe que ele próprio fugiria apavorado.

— Hoje vou visitá-lo — me disse.

— Tudo bem. E logo vi que Ribeiro se aplicava em solicitar conselhos fúteis, em nadas de nada, gastando o tempo do próximo e o seu.

Ora, enterrar tempo era coisa que eu evitava. Disse-lhe: — Em vez de vir procurar-me, deve ir antes na minha tenda, que já estará na sua própria tenda.

18.

Olhei para a correnteza do rio João Aragem. Ali navegavam algumas canoas e outros barcos de porte. Ouviam-se os ruídos dos remos. Às vezes peixes se alteavam no repuxo. Ao lhe jogarem miolos de pão, mesmo de crosta pétrea, amotinavam-se na gula. Prezava-me pescá-los na perna do rio, com palavras na ponta do anzol e eles vinham atiçados. Vinham e eu os comia na tenda: abrasados, suculentos. E se os peixes aprendessem — meditei — a manha dos vocábulos, ou se maiores e mais astuciosos fossem, poderiam, ferozes, pescar com palavras, homens, trazendo-os para dentro do rio.

Mas ou não saberiam o que fazer com eles, imitando os peixes e eles, os homens. Ou não tolerariam mastigar tanta beligerância ou mau humor. Por experiência, provam sabores mais apetitosos, ou tenros, ou exóticos. Mas como firmar na água a sede ou a fome? São como pedras, que, caídas, só se erguem com os dentes. E os dentes da fome nada têm o que fazer com a morte. E no vivo, que o vivo se devora.

19.

A alma é o corpo de minha sombra. E não peso por existir, apenas voo, inda que ninguém saiba. Por ser tido como transgressão aos que não voam. Portanto, punível. Como o gênio é punível ao ser qualidade do abismo.

20.

A história de Pontal de Orvalho estava escrita com as coordenadas do Círculo e antes, escrita tantas vezes, ficara em manuscritos perdidos, ou ocultos no monte, entre as rochas. Mas nunca se descobriu de como os primeiros ancestrais chegaram lá. E gerações se sucederam no ignorado. Por mais que pesquisassem, o que era dito começava um processo de loucura, que é a ceguez da imaginação.

A história canônica é uma e a oficial, outra, incompleta, com lacunas, reticências, páginas em branco. É preciso prudência para acabar o texto correto e defendê-lo, longe da intempérie das falácias e dos advérbios de medo.

Vi então, apesar das lentes que usava, que nenhuma podia atravessar a escuridão. Nem a escuridão se esconde numa lente. E foi como mastiguei devagar a escuridão, mastiguei os declives da história, mastiguei. Amar, amar é um susto terrestre e não se volta atrás. Como o céu acima das estrelas. Com a única cura: ter livre a alma.

Foi então e a partir disso, que principiei a organizar sombras de almas, havendo, ali, nas tendas do acampamento, cargas de almas. E fui ordenando cargas de sombras de alma em fila. E o Círculo, por seu mensageiro, me designou administrador das sombras de almas.

Minha primeira inclinação foi dizer não. Nada tinha a ver com almas. Depois me surgiu a curiosidade. Quando li na mensagem que devia ser vigilante como um espelho, obstinei-me no não. Até que veio outra determinação: "De as cuidar, como bem achasse." Com o adendo: "Será um serviço ao Círculo".

Escreveu o sábio Epícteto de que "é impossível para um homem aprender o que pensa que já sabe". E nada sabia de almas.

Se este é um trote do burro, o Destino, o que não aguenta o trote, não monta e eu ambicionava cavalgá-lo. É verdade que tinha de me aperceber de tudo por dentro e havia que ver mais do que as pupilas viam. E ao conviver com as sombras das almas, verifiquei que nenhum espelho consegue refletir ou prender tais sombras. Porque as almas abominam os espelhos. Levando adiante meu convencimento. A beleza das almas é tão feroz que ninguém resiste à sua luz.

Além disso, são insaciáveis os espelhos e discretas as almas na sua chama, com pudor de não se exporem ao mundo. E a alma é seu próprio céu, ou seu inferno.

21.

A respeito, disse-me alguém de Pontal de Orvalho e pediu que não revelasse o nome, que viu certa vez flutuar um cesto, achou que era alma. E se pode haver cesto no ar, é cesto de alma. Isso acredito, por que não? Ou mais completamente, cesto de alma carregada de anjos. Mas não se diz que alma caminha sozinha?

22.

Aceitei, por fim, o encargo. E eram postas em caixas, depois substituídas por vasos fechados, as sombras de almas e não se sabia se de vivos ou mortos. A seguir, soube que eram apenas de defuntos aquelas sombras, pois as almas já haviam ascendido às etéreas alturas. O fato que a ordem que me veio foi um tanto enigmática. Nem entendi a confiança do Círculo e o respeito quase reverente dos militares. Pode-se entender tudo o que nos sucede? Talvez adviesse a simpatia pelo cordão umbilical que saltava das palavras neste ofício, com o instinto suspeitoso de as albergar. E como havia um perfil bárbaro de algumas delas, eu as fui tentando civilizar.

23.

Quando menos esperei, assumia a chefia dos arquivos dos mortos nos vasos com as sombras das almas. E o imposto cobrado pelo poder dos regentes, estava na razão direta do número de vivos e de sombras defuntas. E o número era fundamental para o reconhecimento comunitário. Se cada um portava o nome, o número era a mostra do domínio circular, o gibão do patrimônio coletivo.

Não se dava ao luxo de policiar as tendas para a constatação da sobrevivência dos moradores. Tinha os nomes e não escapuliam do sistema. Pois a nomeação vinha da fúria de existir. Todo o fichário era constante dos vasos, sobretudo com nascimentos e a indubitável responsabilidade na circular posse de estar vivo. Se algum defunto ocorresse, pois um e outro batiam as botas, o sepultamento era na noite e no cimo do monte, com pás e soldados, extraviando-se os mortos no latifúndio final. E o sigilo era como o regime se nutria. Os parentes não podiam ser achados muito tempo no campo santo. E se tal não fosse cumprido, defuntos puxavam mais defuntos ainda, que, para o oficial instrumento, persistiam como vivos. Assim, alguém era vivo ou morto, conforme a consideração do Círculo. E fora dela, podia alguém estar inefavelmente vivo, que era dado como morto. Portanto, jaziam peregrinos e desolados "os vivos-mortos." E a isso, por ora não podia impedir, salvo no futuro o que providenciei. Por não dever existir meio-cidadão.

— Alma não pesa! — balbuciavam os soldados que vigiavam as cerimônias fúnebres. E corpo pesa bem menos quando é posto adequadamente, na cova. Não havia epígrafes, a soberania do Círculo era absoluta, obstando a atenção sobre os lugares e os finados. A morte se fazia produto necessário, porque os usuários dela não tinham mais palavra. E sem palavra ninguém gozava espaço na vastidão do Círculo. Inexistindo neste transe indultos ou bem-aventuranças.

24.

Na medida em que exercito este cargo beneficente, menos prezo os atavios metafísicos. Era a forma com que engrossava o meu patrimônio verbal, velando pela sua inalienável ossatura. Explico: as palavras se solidificavam, na proporção que as despia de vetustos ornamentos. O que é vivo se expõe demasiadamente — concluí. E o labor de fichar os habitantes me encheu de exatidão. Para que nada me fosse cobrado por incúria.

E o perigoso não é o viver, mas a morte ir avançando burocraticamente na vida, até não poder andar mais sozinha.

O Destino só tem sinais, se os revelarmos. E cada vaso de alma, em sombra, não reclamava. E as possíveis flores eram plantadas no pátio do acampamento, até com o velho e ranzinza ditado de que "a natureza não dá saltos". Ou os saltos eram de alguns pés de violetas que transbordavam dos canteiros, não sujeitos à nenhuma ordenação, mais livres do que eu. E os soldados os regavam para o fulgor da circular democracia.

25.

Soube que o Círculo não tolerava muito as excentricidades. E eu, paciente, as deixava rolar, como se fosse algum perdido indício de infância.

Certa manhã, corvos perambulavam no monte e pareciam benevolentes convivas. Tal se buscassem o contato humano. Mas eram intrusos. Foram expulsos pelos guardas, com paus, armas e não pequena algazarra. E faziam de conta que se retiravam e voltavam, crocitantes. E não podia restar nenhum, devendo ser mantida a qualquer preço a serenidade sagrada do monte.

E um filhote de corvo foi ferido pela bala de revólver de um dos guardas, indiferente à suave queixa da ave negra, sangrando. E vieram voando corvos que cercaram o filhote caído, entre gritos de angústia. E ninguém se atreveu a atacar de novo os corvos. E o escuro pássaro ficou parado no solo, atingido. E se tinha alma o filhote não vi, nem sombra ou asa de alma. Não, a dor das aves não me era estranha. E a dor pode ficar velha, então não tem cura.

Mas aquelas vozes perturbadoras dos corvos não eram

compatíveis com a solícita felicidade do Círculo. Nem era suportável a loucura, salvo em causa própria, bem domada. A ponto de ninguém adivinhar que é loucura.

Segundo Leônidas, teórico cívico: gordo, mediano de altura, contemplado de varizes nas finas canelas, "a felicidade está na razão direta do silêncio". Ou "é preciso jardas de silêncio para que o Círculo não acorde". Defendendo como um seu antecessor, de que "os homens nascem iguais mas no dia seguinte já são diferentes". E um matemático, o Finardo, quase finado pela cara macilenta e passos quebrados, propunha a aplicação do teorema de Pitágoras para o equilíbrio do comunitário feudo. Mas a aplicação do tal teorema se mostrava tão bizarra, que era como se nos números alinhasse uma centopeia. E introduziu, além dos catetos, o silogismo do abismo. Igual a um voo sem pássaro. E a questão que abismo não podia ter silogismo. Finardo Sussurana, seu nome todo para a posteridade, como uma criança, não achava a raiz quadrada do nada, que talvez viesse substituir sua desvalida tese, embaralhando-se em raciocínios infecundos. Até ver que nada é mais infecundo que um número resvalando noutro, sem rumo. Isso desgostava minha tão proeminente objetividade. Que Pitágoras descanse em paz, sob o mais pétreo e olímpico sonho grego. E não cabia discutir com os mortos, o prestimoso rol dos vivos. Sim, administrava almas alheias, para esquecer a minha.

26.

Fomos, à noite, a uma pequena plateia no acampamento, para a apresentação do que era considerado o bufão de Pontal de Orvalho. O Círculo não ficava fora dos sucedidos. O bobo, Forlim, de família circunspecta, recitava, pulando de um lado ao outro no palco, ao som de tamborete, versos sobre a justiça que me pareceram inapropriados. Com certa censura aos que regiam o Círculo e rebentavam as risadas. E o bufão era popular por dizer, entre trejeitos, o que outros calavam.

“Ridículos como dois cães
que lutam por um só osso.
Como eu, são os que mandam:
bufões que não sabem quando
se a razão parou no chão
e a loucura vai girando.”

E quando o bobo girava sozinho, o povo explodia de riso.

27.

Quantas vezes quis rir e não consegui. E cutucar como a um pão escuro, o riso. Apalpá-lo. Ou igual à queda de um dente no meio da mastigação. Ou o dente que cai numa fala, quando, extasiado o orador discursa. E cai no assoalho como um desajeitado rato. — E o que poderá ser isso? — dizem ao redor. O dente é capturado e a fala continua. Ou ao contrário, num salto entra no bolso e se encolhe sob o forrado refúgio. E nada existe em comum entre o pão e o dente, ou o pão e o bolso. E murmurei, quase comovido: — Respeito o que cresce por conta própria. O dente cresceu e rompeu a dentadura. Está torto, já não cabe no sistema! Ou o sistema não sabe o que fazer com ele. E me lembrei de Rabelais que solenemente atesta “ser o riso próprio do homem!” Ou ninguém é suficientemente inteligente para compreender até aonde vai o riso.

28.

O pensador Teodato era influenciado abundantemente pelas doutrinas de Confúcio. E o Mestre chinês ensinava: "O que você sabe, sabe; o que você desconhece, desconhece. Esta é a verdadeira sabedoria". Teodato repetia terem todos a natureza de Confúcio, até os animais. Um dos seus seguidores perguntou: — Tenho eu a natureza dele? — Não. Respondeu com secura. — Por quê? — Você fez a pergunta.

Teodato era mediano de altura, barbudo, andava de sandálias, vestia bermudas e as pernas peludas. E uma singularidade: o hábito de levar na mão direita um caracol. Perplexo, indaguei-lhe: — No que pensas ao conduzir o caracol? — Penso nele e ele pensa em mim. — Isso é tudo? — Não. Nós nos completamos. Eu sei o que não sei. E ele não sabe que sabe.

29.

Se o Círculo detestava as excentricidades, eu via nisso indícios especiosos de infância. Lá fora, chovia, poças de água rolavam pela rua esburacada. Como céu no chão.

Borromeu, poeta, andarilho desde menino, no vigor da juventude, sentou numa pedra grande, naquela noite, e ficou a contemplar o reflexo dos astros. Sonhava de olhos abertos. Mais ainda de olhos cerrados. Procurou-me com estranheza pelo assunto das sombras das almas.

Perguntou se as sombras sonhavam.

— Devem sonhar. Respiram sonhando.

— E você sonha muito?

— Estou sonhando em mim um tempo. Sabe?

— O tempo sonha, como?
— Ninguém sabe.
— Se eu deixasse de sonhar, o que seria?
— Nada. Talvez eu desaparecesse.
— E se o sonho não continuar?
— Continuamos tentando sonhar.
— O que não sonhamos nos sonha.
— E se o sonho terminar?
— Termina a infância?
— E se acabar a infância?
— Acaba o mundo.
— E voltamos a sonhar com o começo.

30.

Pontal de Orvalho foi assaltado por um suculento sono, apoderando-se de todos. Ou porque as noites no mundo ficaram mais longas ou porque o dia foi absorvido de trevas, como se todos os habitantes estivessem juntos num balão imenso subindo, subindo ao céu, o balão ativado de sono. E aquele povo nada fazia, engolido de sonhos, com cara de aranha na teia. E este dormir foi tão empedernido e teria brotado como um fogo da Caverna.

Enquanto os cidadãos eram larvados de sono, como não houve antes nem depois, as sementes pararam no cerne, as árvores entorpeceram, o rio João Aragem restou imóvel, tal uma pedra.

E foram os vasos das sombras das almas que borbulhavam. Despertei com o rumor. E eu, diferente de Mário Quintana, que habitou a comunidade, e admitia serem os leitores dorminhocos, gostando de ler dormindo, meu parecer é contrário.

É o de perturbar acordando. E acordar até a última brasa de sono. Ou o sono da última brasa.

31.

"O mundo se despedaça!" — exclamou o poeta irlandês Yeats. Mas o que se despedaça não é o mundo, é a velha ordem, o esmagamento gradativo do poder. O que azeda são ideias arcaicas, como vinho em odres usados. E na proporção em que efetuo meu trabalho nos vasos de aristocráticas formas e sombras de almas, pressinto o declínio. Mas há uma confiança no tirocínio do Círculo. No meu caso, junto às palavras esta alavanca em que me sustento.

Sobrepairava um enigma. Os que regiam o Círculo tinham secreto nome que nem os soldados ou os comandantes desvendavam. E o "c" na fronte dos habitantes provinha da Caverna, em sítio inóspito, onde os regentes se congregavam para deliberações. E essa vírgula na testa começou a descascar e cair. Mas consta que o lugar onde os regentes operavam se situa debaixo do cimo do monte, com as três pedras circulares. Provavelmente havia bifurcação, ou túnel, de cima para baixo. E os tais regentes viam as mesmas sombras que apareceram nas paredes da Caverna de Platão. Mas há o boato de que alguns liam nas pegadas dos pássaros sobre essas sombras. E se é fato que os olhos do cão do incrédulo Pablo Neruda viam Deus, podia Ele pairar sobre as palavras que os pássaros sussurravam, uns com os outros, ao atravessarem o arco da Caverna e ao puxarem no voo, as imagens.

32.

Amamos o que já amávamos, possuímos o que já nos possuía e temos a língua com a sintaxe entrelaçada entre os lábios. Nem sequer explicamos as imagens que nos povoam, são elas que nos explicam. E o que acontece, bem antes aconteceu, sem que soubéssemos. Até os objetos se resgatam, de tanto que silenciaram.

"O homem só é homem na superfície", dizia Paul Valéry, um dos mitos antigos de Pontal. "Ao levantar a pele, começa o maquinismo". Mas eu era na superfície e no tronco, além da pele, eu era um brotar de palavras que não cessava, tendo o espiar a árvore da alma.

E caí em mim, ao saber da morte de mais um membro íntimo do Círculo. E como pôde também ele morrer?

Não havia alma alguma no corpo quando das exéquias ocultas no desfiladeiro. No fichário tive que diminuir o anônimo rosto e número. E um outro, que foi enterrado no cimo e se foi no mesmo dia de vento, era oleiro. Sua mulher, Emília. Despediu-se dele antes de o corpo ser levado para a definitiva olaria. Sua última frase: "A alma não quer me deixar sozinho." E voou antes de se lhe cerrarem os olhos. Tento, quanto posso, segurar as sombras das almas, não permitindo que fujam, como ao pombal, as pombas. E é preciso que o corpo não se desalme. O mais não cabe. Se almas voarem, que se ergam de asas afundadas em céu.

Alma tem o mais agudo dos sentidos nos olhos. E há uma teoria que a alma toda é de olhos. E se não era a vida me espreitando, eram as almas.

33.

O que não relatei. Em Pontal de Orvalho existia uma Cadeia posta num desfiladeiro, fechada por férreos muros. Ali eram encerrados os presos mais perigosos. O lugar era lúgubre, onde se enterravam os regentes. Consta que era povoado de corvos que, com os ovos, ali se reproduziam.

Eram poucos os presos. Um facínora, o Cornélio que tirou a vida de um guarda, com seu revólver, pelas costas. E um tal de Flodoardo, perito de facas, com força descomunal, que esfaqueou Silvino, seu desafeto, quando dormia. Os dois se atormentavam entre si, com ameaças. O que não se cerze na paz, se cerze no medo. Todavia, os pequenos crimes não poupam os grandes e nem se compensam.

A justiça no Círculo tinha começo mas parecia não ter fim. Porque o que cometia o delito podia sofrer a redondeza do mal na expiação. E para esses o único cárcere era o deserto. Quando a pena findava. Como cactos que davam flor, tomavam espaço junto ao povo.

34.

E um caso de ódio *post mortem.* Terciano e André (não nasceram no mesmo dia!) eram inimigos jurados. A presença de um perturbava a do outro. Achavam o Planeta pequeno para eles. Do mesmo ofício e o ódio não se calibram nas armas. Nem nos ataques verbais. Um emissário do Círculo chegou a ambos, com a ordem: "Vosso ódio prejudica o equilíbrio do Círculo. O progresso nasce é da matéria de amor. Vocês se devem perdoar!" Os dois disseram não. O emissário não os forçou. Cogitando: — Não há ódio além da morte, só amor. Os dois discordaram, cientes de que aquele sentimento era maior do que a vida. Cada um desejava que o outro o antecedesse na tumba. Duraram muitos anos. Quando um dos dois enfartou e se foi para a eternidade, o outro diante do túmulo, chorando, prometeu ódio eterno. E tinha que se inteirar como estava o seu desafeto na cova. O sobrevivente sofreu um aneurisma e também baixou à terra. Os dois como fantasmas se apresentaram um ao outro. Não se conheceram. E se tornaram dois fantasmas inseparáveis. Porque haviam trocado de alma. Mas tive dificuldade, leitores, de guardar as sombras dessas almas nos vasos. Não queriam entrar no lugar que lhes reservara. Discutiam e pesavam, como antes nunca vi pesarem sombras de almas. Como se o rastro terrestre não as tivesse abandonado.

35.

Encostei-me no robusto tronco de uma árvore, descansando. E vi que à beira do rio João Aragem surgiu Príamo, frade beneditino. Um pescador preparava uma sopa de peixes numa caçarola e o frade se adonou da iguaria e o pescador cedeu, resmungando. A surpresa foi quando o frade entrou no rio e urinou.

Os peixes que ele comera deliciado saíram nadando na água do rio. Não se sabia mais distinguir os que eram da sopa e os outros, que, velozes, flutuavam.

36.

Uma e outra barata desciam pela lona de minha tenda. Elas e eu nos acomodávamos, desde que não me atacassem. Assim respeitávamos as nossas diferenças, o que é tão raro entre humanos.

As baratas resistiam em viver, seguindo uma dinastia de séculos. Se não conseguia amá-las, como a mim mesmo, simplesmente as tolerava e elas a mim. Terão elas de perdoar-me por eu existir, ou as perdoava de me cercarem, sem a plausível reverência. Na verdade só havia uma — a de estar vivo. Sua matéria era vibrátil e úmida. Elas e eu chegávamos a um imponderável núcleo: a loucura não era traduzível, apenas a serenidade. Não pedia às baratas a piedosa harmonia, nem lhes arrancava a ferocidade. Nada faço por elas, o que já é um bem e são afeitas ao terrível mundo. Minha pata é férrea e a delas, delicadas, mais misericordiosas. Não temos parentesco. Nem há entre nós o mínimo desprezo. Já comi a culpa e elas, penitentes, a absorveram.

37.

Quem tem a alma mais comprida, enxerga mais longe. E se a alma tem vocação de caixeiro-viajante, outras possuem vocação diversa e a todas há que, em suas sombras, preservar, ajudar, aprimorar ou defender, sujeitas até à tensão meteorológica.

Mesmo para a alma comprida, a eternidade é bem mais. Apesar das diligências e fichários e documentos, se me descuido, sou levado a estranhezas como a de não achar a sombra de um vaso e ter que encontrá-la, desatenta, em inoportuno esconderijo. Às vezes, ao cerrar as pálpebras, é como se eu tivesse morrido. E nem reparo a memória da alma, quando se põe a jogar de dedos ou rodar em cordas. O que vem da infância não merece ser corrigido, para que a singeleza não se extravie na seriedade chata dos adultos. O que destrói não é a ignorância, mas o perigo de havê-la perdido. O que nos ultrapassa, é o que nos salva.

38.

Devorava livros por aproximá-los de macieiras, animais da infância, coisas tão queridas e que nos queriam, o apego aos livros era o apego aos sonhos. Mas eles, como eu, botavam a cabeça para fora, tal a semente que se entorta para nascer. O que é vivo dá voltas, porque o fim retorna para o começo e o começo para o fim. O cimo puxa a raiz da árvore.

39.

Não há tamanho exato de alma. Podem ser longas, curtas, largas. Apesar disso, o espaço de alma não é medível a olho nu, ou mesmo à lente. E andando, o limite se desfaz. Mas jamais alguém tocou alma. Percebia isso tudo e havia vasos para caberem, com as sombras, documentos, fichas. Alma não é vendável, mas a organização que me competia era a dos moradores, seus legítimos ocupantes. Ao se finarem os corpos, as almas iam juntas, saídas para lugar diferente. Os corpos baixavam e elas subiam. Só havia repercussão de número no censo, sempre adiado pelos regentes. A diminuição dos habitantes significava redução de impostos.

E houve uma peste, dizimou vidas. Eu não tinha como amoitá-las e as almas nunca são mortas. Apenas se dissipam como nuvens. E se afastam dos corpos, sem a pose de alguns artistas do palco. Mas ninguém apaga alma. Enterra-se o corpo e alma avoa. E o cimo do monte engordou de mortos, que, segundo consta, desapareceram diluídos nas veredas, esquecidos de si próprios. Consta que a primeira morta sepultada, ali, era uma avó, de nome ignorado e em redor dela foi estabelecido este cemitério da comunidade, de origem provavelmente matriarcal. Digo isso, ciente de que a morte não tem memória, igual a uma calça que se rasga. E, por favor, não mexam nas sombras, nem mexam no tempo. Porque o vivo não se esgota.

40.

Horácio era ardiloso com a espada, que navegava com a pontaria dos que atiram facas. De temperamento agressivo, agudo como o fio de sua arma, ofendia com facilidade a quem se opunha a sua vontade. Tal desequilíbrio o fazia mal visto. O orgulho não o consertava, nem com Leocádia a pessoa amada, que o abandonou. Numa noite, apeado ao desespero, fincou a espada em si mesma. Como se fora a bainha. E Sêneca, o romano que conheceu em antiga época do Círculo e certifica: a bainha não torna a espada boa, nem ruim. E enquanto aquela alma rasgou o céu, a ponta de sua sombra se viu acolhida e posta por mim em um dos vasos. E talvez agora habite outra mais amena bainha.

41.

Onde estou vivo nisso, onde o trabalho me consumiu por vielas, a capacidade de sorrir e amar.

Não negocio alma, cuido de que a grandeza não se extinga e alma é como infância que não termina. Emagreci na tarefa de comer menos, já que a fome se distraía. Não sei até onde me conduzirá tal ofício. Vejo o rosto de meu povo que definha sob o Círculo. Também não percebo como escapar desta coordenação tão metódica da loucura. Os vasos das sombras das almas são absorventes. A lógica é irrevogável como sentença. Mas não é a loucura o que me tenta, nem a sovina política dos regentes, nem a simpatia dos guardas que, em fileiras, se locomovem entre plantações e flores. O que me tenta é não perder o tirocínio de viver. Pois ao cuidar das soberanas almas alheias, de severas sombras, cuido também da alma que me vigia de amor. E a matéria está cheia de alma. Como a alma é isenta de matéria.

CAPÍTULO SEGUNDO

1.

Disse e repito: o poder é como um tigre que não se sustenta com ração de gato. E eu afronto esse tigre, nos examinamos, seus olhos me ameaçam, sisudos, e eu tenho palavra contra ele e recua. Diante da palavra não há hegemonia, nem ferocidade. Assusto o tigre, ainda que me ronde, fareje. Não toca as almas que eu oriento em sombra. Nem pode com os dentes tocar espírito, ou espessura de alma, esta essência imorrível. A morte, sim, come o tigre, engole a carne e os ossos. Mas eu como a morte e continuo na palavra comendo a morte. E por mais que se esforce, nada a impedirá de ser devorada, até o branco esqueleto. E como a morte não tem semente, é roída de aridez eterna.

Nunca vi mortos se explicarem aos vivos, ainda que os vivos insistam em se justificar, por sobreviverem. Pode-se argumentar com o Destino?

Havia um canário na minha tenda. Não lhe faltava água e alpiste. E eu não tergiversava, tão envolto no ofício de que aquele canário tivesse alma. Devia ter, pela delicadeza diante de minhas perguntas. Contemplei-o e me deu certa inveja de não poder cantar e cantará e o vento se assentará junto à grade da gaiola para ouvi-lo. E ele, como eu, tínhamos que continuar. Nunca serei transformado numa forma de inseto, mas por voar (no oculto), quem sabe ainda seja pássaro.

Os deuses gregos se davam ao desplante de serem loucos, sem se importar com a raça humana. E o povo servia a loucura, como a um dom sagrado. Mas o que é sagrado não é a loucura, é a vida, bem maior do que ela. A loucura acorda e a vida sonha.

Permanecia um rumor de que os regentes (ou deuses) do Círculo possuíam arpejos de demência. E dirigir Pontal de Orvalho guardava algum sintoma incandescente. E o anonimato, outro. Porque ao não ser conhecido o nome, tudo passa a ser ignoto. Não há glória, crime ou pessoa sem nome. Então a partir daí tudo é imaginável. Ou se inventa para que exista, mesmo que não tenha visível rosto. E só rosto dá contextura ao amor.

Esses recônditos deuses faziam uso do Círculo. Mas não pertenciam a ele. Pertenciam-se a si mesmos. Talvez nem isso.

2.

Conheci um ancião, veio à minha tenda. O que me chamou atenção de imediato nele foram as mãos nodosas, feias, mas expressivas. Mexia os dedos e os apertava. Ao falar tomavam estranha beleza. Tinha jeito astuto, manhoso, cabelos alvos, porte elevado sobre uma cabeça grande, com olhos azulados, quase inocentes de menino. Indaguei o que o trazia e ele, de logo, não respondeu. Soube que tratava de almas e, entre elas, vai a minha. De afeição nos conhecemos e me deu alegre palmada ao ombro.

— Talvez nos conheçamos também nos sonhos. Almas se estreitam, sonhando — falou.

— Talvez, sim. O que sabemos de nós mesmos?

— Pouco — replicou, suspirando. — Sabemos o que não sabemos.

— Sou Gabriel, fazedor de barcos.

— E eu ainda busco o que sou. Mas me comovo com a invenção humana.

— E eu — redarguiu — até com a estupidez. — Não tenho porque morar em tendas, se fiz a casa num barco.

— Está certo. Moramos onde queremos. O senhor então mora num barco, deve ser espantoso?

— Não me chame de senhor. Aqui perdemos a idade.

Concordo. Se cuidarmos de nós, estaremos cuidando de todos. Cuido de almas que cuidam de mim.

E fiquei surpreso com o rosto daquele velho — universal, poderoso. E indaguei:

— E sua alma?

— Não me abandona. Seus olhos continuavam agudos.

— E o Círculo?

— Não sabe nem de si mesmo. Não, nada se perde no ar, se estamos vivos. E sou como as ervas do rio, vou resistindo.

— Também eu. Cada um, como pode.

— Sim, crio barcos e os barcos me criam.

Nos abraçamos. Sabendo que até os sonhos criam alma.

3.

Levava, como outros, a marca da Caverna na testa e se esfarelou. Era marca de nascença. E não há Caverna que avance na minha alma e no meu corpo. A palavra me defende. Mas a Caverna quer prosseguir, tomar conta do Círculo e a Caverna não entende nada, nunca entenderá que o homem é maior do que o Destino, maior do que a Caverna. E só a palavra a impede de germinar no coração do homem. A Caverna está dentro da Caverna. Uma se sobrepõe à outra e não se descobre qual a real, ou a inventada.

E é insensata a Caverna, não irá meter-se onde não é chamada. Nem suporta sua imagem no espelho. Ou é o espelho que não a suporta. Quando se move são tantas Cavernas numa só, que se entretecem pela fundura de uma e outra, como fantasmas. E no cosmos, que é complexo, há inúmeras alternativas ou combinações. Uma Caverna sentada se reflete noutra deitada em si mesma. E há tantas Cavernas no universo, ou bibliotecas do abismo, quantos são os sonhos. Mas o Círculo as dissolve, bastando a impalpável e secreta que permaneceu, por troca de costumes ou intangível símbolo de nosso nascimento. Essa se parece a todas.

4.

Uma visita me transtornou. Era um ser longo, de braços e peito frágil. Vestia uma túnica azul de mar e sapatos maiores do que os pés — o que reparei num eito. O rosto comprido dava a impressão de outro rosto dentro. Ou era máscara tão colada à cara, que já era ela própria. O pescoço delicado, a voz grossa que não se coadunava com o físico. Não citou nome. Era como se eu estivesse diante de uma espessa sombra. Não entendi o propósito da visita, pois se eu tratava de almas, que alma ali residia?

— A quem procura? — indaguei.

— Ao curador oficial dos vasos de sombras de almas.

— O que deseja, no que posso servi-lo?

— Pode. Estou convicto. E deixou uma pausa no ar.

Seus olhos atrás dos olhos eram penetrantes.

— Quem é o senhor? Qual seu nome e objetivo?

Tinha semblante concentrado nele como um balde que vai ao poço.

— Não careço de nome. Nem cabe ser, aqui, revelado. Estou prestes a partir.

— Partir?

— Desvanecer-me. O que posso dizer que sou um dos regentes do Círculo.

O meu rosto se escureceu.

— O que me cabe ajudá-lo?

— Estou morrendo. Não disse a ninguém e sei que é de confiança.

— Fico honrado. Mas não vejo como ajudá-lo.

— Sim, consegue, ainda que agora não veja. Meu corpo desfalece e a alma.

— E a alma?

— Não sou um homem como os outros, ainda que pareça real. O poder da Caverna me escavou. Até a raiz, tornei-me quase um sonho. Mas tenho músculos, ossos.

— Está enfermo de quê? — insisti, balbuciante.

— Estou enfermo de poder, corroído até às vísceras. A Caverna me foi absorvendo a saúde. E a alma...

— Sim, a alma — repeti, preocupado.

— Quero ser enterrado no cimo do monte, já que morri e apenas estou segurando a alma.

— Guarda minha sombra, por favor! Para que tenha melhor sina do que a que vai comigo.

Ao sair-lhe a alma para fora, ficou a sombra e vi aquela alma — tive o sortilégio. Foi saindo tão formosa pelos olhos. O visitante caiu morto como corpo morto. Acolhi a copiosa sombra. Tinha um vaso separado, a secreta documentação e se chamava "Ninguém", e, debaixo de um selo, "Aladino".

Apenas conto que a alma se foi como uma borboleta atrás do bando na primavera. Não era isso o sonho que se desalojava de um homem?

5.

O que começamos a sonhar, passa a existir. E se eu próprio existo, é porque alguém, que descobrirei, me sonhou bem antes.

O ovo de onde me tiraram era o sonho. E porque o tal sonho de onde vim estava carregado de palavras, não cesso de existir, ao se acabar o sonho. E porque sou de palavras, o sonho me deu alma. E tenho tanta alma que nenhum outro me fará sucumbir.

6.

Cheguei à conclusão, que talvez alguns doutrinadores não concordem, por não verem o que vi: cada alma é uma obra poética. Possuí o sortilégio diante do fascinante esplendor de ver a alma, de não ter sido fulminado. E como não se pode não querer ir ao céu, porque não se vê, o céu da alma só se cumpre na alma do céu. E se há uma obra poética perfeita é a da alma.

Com a diferença: o que era de sombra ficou na luz.

Tudo noutro lado é mais intenso, do que o terrestre. Tudo noutro lado não está mais sozinho. E na alma veremos as coisas como são infinitas. E se a alma é um osso, rói, sepulta-o, desenterra-o e volta a roer (ó Thoreau!), porque a alma é o osso do céu. Ou osso de uma substância tão etérea, que tem todo o céu dentro. E os doutrinadores se dispersam diante das coisas celestes.

7.

Passou uma vaca diante de minha tenda e se vaca tem alma é nas patas ou nas tetas aliciantes. E são escreventes e talvez ainda alinhavem suas poesias completas, com ritmos lactantes, de apreciável aceitação crítica.

A vaca tem a imortalidade no pelo e no farto ubre. E quem também a contemplou, passando e estava noutra tenda, foi o habitante do Círculo, Monterroso-humorista e perito em para-raios.

E a vaca mugia silêncios e versos com pés quebrados. Sim, até a vaca inventava. Por ser sonâmbula de imaginação.

8.

Ninguém civiliza o amor que insiste em ser bárbaro. E se tenho tudo o que não tenho, não preciso de nada. Alma nenhuma se envergonha de ser eterna. Eu, que relato, espio o mundo. E apenas nos toleramos.

9.

Vi sombras transitando pela noite e o barulho dos sapatos na areia.

Sou guardião de almas ou não sou guardião de nada. O que me acontece é ter a fala e Platão, o da Caverna, dizia que "a fala do que é sábio permanece". E a fala é quando a alma vem para fora. Todos nascem e morrem na fala.

E uma das sombras que seguiam parou. Ao ver-me na entrada da tenda, aproximou-se, com passos tardos. Era magra a sombra e o rosto redondo como um cântaro. E me disse, com voz suave. Dava a impressão de ser mulher, se não visse na luz o bigode e os olhos duros.

Disse: — Meu nome é Armando.

— Nome tende a ser destino.

— Não sei. O nome me leva. Deu-me vontade de conhecê-lo. Pois retém muitas estranhezas.

— Não, tenho palavra e o ofício de documentos e vasos.

— O Círculo nos une.

— Sim. E nos separa.

— O círculo se mostra maior do que nós.

— A vida é maior. O que conta: o que imaginamos.

— Sou pintor de quadros. As imagens...

— São as falas da cor. A mão é cega...

— A alma não — argumentei. E a fala sabe tudo o que mão esquece.

— Cada alma é um sinal.

— De que documentos cuida?

— Do que diz respeito às sombras das almas. Mortos que foram vivos.

— E os mortos?

— Os vivos não se preocupam com os mortos.

— É. Os mortos cuidam de si.

— E o Círculo?

— Ninguém sabe. Sei que existe Caverna e regentes mas nada sei.

— Ninguém sabe. O mistério...
— Parece ter mais fome do que nós.
Foi quando fez menção de entrar na minha tenda. Entrou. E não viu os vasos ordenados noutra peça. Observou o canário na gaiola, que também o observou. Enquanto eu pensava que tinha que me resguardar mais, ele se apressou. — Preciso seguir! — estendendo as mãos nervosas.
— Tudo nasce e morre na fala — murmurei. Até a fala.

10.

Estou certo — pensei. Falamos sempre as mesmas coisas. E se tenho água de viver, é pela palavra. O mundo do pintor Armando não era o meu. E não me espanto nunca o suficiente. O canário coincidia comigo e seu pio era igual ao da noite. E a realidade não precisa ser coerente, os sonhos sim. Mas ponho prudência no sono: é quando pode a alma escapulir do corpo. Nem se banham duas almas no mesmo sono.

Amar é mudar de céu. E não me importa desvendar o Círculo. Importa que o Círculo me esqueça. E se invento, começo a enlouquecer os sonhos.

11.

Entendi, no entanto, o paradoxo. Não são os sonhos que enlouquecem, nós que corremos o risco de enlouquecer, se não tivermos palavra. Pois ter palavra é mudar o sonho da alma.

Nos meus livros, acautelo-me do que se assemelha a peixinhos de prata que nadam, sim, nas páginas dos volumes e são traças que comem letras e parágrafos, engolindo-os na escuridão, com vocação erudita. E por serem invisíveis, muno-me de candeia ou eletricidade.

E ponho minhas palavras tão severas e vigorosas e bem amestradas para devorar as traças. Até na ferocidade, triturá-las.

12.

Os caracóis avisam as calamidades e deixam os ovos grudados nos troncos das árvores. E ficarão incólumes, se a água subir. Sou caracol de carregar nas costas as sombras das almas que me são confiadas. Sim, nas costas levo palavras e sombras de almas. E se as principio a levar, depois são elas que me levam. Voo nas suas garupas, como em águias. E as calamidades não nos alcançam. Puxo as sombras das almas como sementes. E cada semente é uma árvore de sombras de alma. Uma árvore dentro de outra, até virar semente — do corpo — em sombra de alma. E tenho saudade do futuro. E a saudade é um vento virado para dentro. Dentro de Deus.

13.

Foi Onésimo, o tecedor de tendas e do acampamento que me encontrou perto do rio João Aragem. Galgava os setenta e sentia-se mais velho, com domínio de suas faculdades, calça de linho azul, camisa com um desenho de Juan Miró. Era amável. Esticou a cabeça torneada, pedindo se eu sabia como encontrar um burro para carregar água do poço, já que o encanamento de sua tenda não funcionava.

— Sou cuidador de sombras de almas, não de burros — respondi. E me deu certo gosto de suprir a necessidade daquele companheiro. Solicitei a um soldado, o mais atencioso, o Tunísio, que me conseguisse um burro. E apareceu um burro, com pelame branco e trote desengonçado. Veio e docilmente transportou o barril de água do poço. E me olhava desconfiado na ponta dos olhos que quase se confundiam com o focinho, como se me dissesse: — Você arrumou esta carga e eu andava sossegado! Porque os animais percebem mais do que se pensa. E há um complexo entre bichos e homens que os obstinam em mutuamente calar. Ou porque aqueles são mais críticos do que esses, ou porque sucede o contrário.

Onésimo sorria satisfeito, grato. E eu pensava que, quantas vezes, era aquele burro carregando, por ofício e perseverança, meu barril de sombras de almas. Ou me inquietava com elas, albergando-as ou as inserindo nos propícios vasos, como na colmeia de favos, as abelhas. O que designava também quanto eu era um abelheiro do desconhecido, apicultor de abismos.

Onésimo seguiu o burro até a tenda, depois o burro seguiu Onésimo, não importando a ordem, mas a precisão. E vi que a cara de um era a do outro. E o barril vazou água pelos olhos. Era como se vazasse água de alma.

14.

Não sei se o leitor se apercebeu: dou voltas no relato, ou ele dá voltas em mim, como se ele já fosse o Círculo.

Houve um poeta que desejou celebrá-lo no meio do povo. O tal de Caio Varanda. Tomou esse apelido, mesclado ao nome, por ser constante varanda de loas aos que estão no poder. Por mais que fizesse, nada alcançava dos regentes, passou a ser Caio Varanda do Nada. Queixava-se de fome e não queria de jeito algum trabalhar. Vivia em tenda alheia e esmolava, aqui e ali. Escriba prolífico, achava que a poesia era maior, quanto mais volumes enchesse com sua letra desataviada. E os versos eram sumamente desiguais, com muitos baixos e poucos altos, que apenas atingiam a mediania. Era astuto, cabotino, arregimentava escritos e cúmplices na soturna mediocridade. Montava textos sobre si mesmo e não faltavam fâmulos capazes de o comparar — o que é risível — ao Mestre do Cosme velho. Um escritor, senhor dos trocadilhos e que amava estar numa tenda toda pintada de margaridas, ria muito desse bardo, que fazia questão de viver dos poemas, quando os pobres versos não viviam nem para si. Oswald, repetia, para quem quisesse ouvir: "Poesia não é banco. Mais tira do que dá. Deveria criar grilos e mais lhe renderia". Quando alguém indagou se o tal de Caio Varanda permaneceria pela obra. Sua resposta veio pronta e brutal: "Ele obrou tanto que logrou transbordar o esgoto. Sua posteridade cheira mal".

Dou voltas ao relato. Esse Caio Varanda do Nada, por tanto esforço foi compensado: recebeu um ofício do Círculo, com os dizeres beneméritos: "Não carecemos de seus versos para nos celebrar: o silêncio é ouro."

E se o citado poeta tinha algum alcance de alma, ela pulou fora de seu corpo açucarado, ali mesmo. Nada é mais nefasto do que a má poesia. E o Círculo mostrou rigor crítico, por sinal inesperado. Preferindo que ele se fosse, batendo as canelas. E sua alma escapou para a sempre, como um cão das correntes. E a varanda do nada aguardava sob uma moita de cogumelos esse guloso defunto. Sua sombra de alma vagabundeou, trôpega, até entrar num dos vasos. E como dou voltas, o tempo cansou de me acompanhar.

15.

Mais que o corpo, é a alma que faz amor. Descobri e até diante de certa plateia sustentei minha tese. Porque escuto o que cada coisa quer dizer. Saudade é desequilíbrio e recordo meus nevoentos pais. Como a palavra me cobriu e eu cobri a palavra: fêmea. E a saudade deve pensar duas vezes antes de existir. E o que me possui, não sabe de mim.

Fiquei contemplando o rio João Aragem e Tiago, o pescador, me garantiu que na sua canoa traria dois peixes de respeito. Tiago pegou sardinhas, que em cardume devem ter vindo lá do Oceano. Depois as colocou no anzol, aos poucos, e ficou à espreita. E o rio parecia saltar de tantos peixes. Saltava. A água tem espírito — cogitei, só guarda o que é seu. Mas cogitar não apanha peixes. Sim, a água guardava espírito, passou um rastro de tempo e nada. A cara lívida de Tiago, de gordas bochechas, parava na fereza. E tentou e os peixes foram devorando as sardinhas e a canoa de Tiago tremulava no repuxo. Peixe algum vinha ao balançar da água. E se escutava um ladrar de cão nas margens. E eu respirava fundo, podia dar sorte.

De testa franzida, mãos úmidas, Tiago relutava. E disse: — Os peixes ainda vêm!

Fiquei compadecido. Vi o cesto na canoa vazio, a linha tensa e o rio João Aragem se mostrava carregado, impertinente. Crescendo. Com uma onda quase virando a canoa. E resolvi dar um conselho. Mal não faz, às vezes estimula: — Por que não usas palavras, pondo-as no anzol, como iscas?

— Não pensei nisso! — foi a resposta. Rápido, atou palavras no anzol e as atirou na água. Foi um instante. O rosto amarelo de Tiago se avermelhou e puxava com força o anzol. Num átimo, estava rodeado de peixes que lutavam entre si para morder as palavras. E dois grandes vieram, impelidos para cima, para o cesto. E a canoa girava. Peixes ambiciosos os dois, pesados. Talvez quisessem falar aos vivos com as palavras-iscas e se arrojavam na cesta. E é como as palavras vivem pela boca. Contente se foi Tiago, com a proeza de carregar, enfiados num arame, os dois peixes às costas, tais se fossem dois sóis. Existir é levar nas costas a vida.

16.

Perto do cimo do monte, o Círculo mantinha um moinho, pouco à vista, na encosta de outro lado. Todo arruinado, com invasão de ervas daninhas, tinha as pás corroídas em suas voltas e uma grossa corda na garganta. Parecia um fruto bichado, com o caroço para fora.

Aquele moinho possuía alma, moía o trigo do povo, como um pássaro se guarnecia de asas. Não entendo a razão de o Círculo conservar as ruínas do moinho, como um semimorto. Era grito mudo e desamparado. Museu de símbolos que o Círculo aproveitou na opulência e agora resta roto, desvalido.

O espetáculo mais demente é do que não conseguiu mais ser alma. E em nenhum dos vasos que preservo existe qualquer vestígio do moleiro que movia aquelas pás. Francisco da Aquitânia era o nome que recolhi da tradição, nome sem documento, alma igual à do moinho, sem foz na desumanidade do sistema. Não sei como se afeiçoava o homem na sua sombra, robusto, pequeno de altura, mais sandálias que sapatos nos pés, roupas puídas do trabalho, suspensório que não deixou nunca de usar. E usado fora ele, Francisco da Aquitânia, usado até o fim, como tantos, junto ao quase inexpugnável sítio dos ossos. Além da saga silenciada daquelas rodas. Como o velho pescador de Hemingway, que guerreou nos limites do mar, lutara Francisco nos limites da industriosa e coletiva farinha "um homem pode ser destruído, mas não derrotado".

Não havia mais data de coisas a fazer naquele devastado lugar. Nada, nem misericórdia que o Círculo parecia desconhecer, parente colateral do "Túnel Perfeito", que os arcaicos anais noticiaram e cuja lembrança nem a história, nem os arcanos ousam assinalar. Apenas é registrável o solo invencível do coração humano.

Gerações se perdem em desventuras ou falsas veredas, quando o gravame da injustiça desequilibra mais do que as calamidades naturais. O juízo não desvanece o juízo. Nem a morte há de rasurar uma linha sequer da grandeza que se deu entre o delírio, sonho e morte.

17.

Era um anão. Tácito. Mais falava com os breves pés e os miúdos olhos. Sua tarefa: a cavalaria da soldadesca. Dava ração, água e gostava de sentar debaixo de um pinheiro, que lhe recordava a infância nos campos da Serra.

Mas o anão Iberto se dizia satisfeito com seu tamanho. Não crescera e portanto não saíra da infância.

Às vezes o via acabrunhado, pondo ordem na cavalariça e pressenti que os animais o amavam, acolhendo-o na equina comunidade.

O anão Iberto não queria ter idade e nem a dizia nunca.

— Esse é o meu privilégio — afirmou certa vez. Sou antigo para os antigos e criança para os demais. Idade não conta. O meu rosto maduro traz dentro toda a meninice — atestava.

Um dia tropeçou num balde cheio de água que tirara do poço para os cavalos. E deu uma risada ao molhar-se todo, até a ponta dos sapatos. Era como a vida o conduzia na bondade do riso de si mesmo e aos outros, sem procela ou culpa. Tinha em comum com os animais a confiança e naturalidade de existir. Não admitia costurar ódios e, se alguém se referia ao Círculo, dava de ombros. Possuía alma que se diferenciava de outras na tátil inocência e será primorosa quando sua sombra virar flor no vaso. E se alguém me perguntar, leitor, como levar tantos vasos de alma em minha tenda? Não careço muito de explicar um mistério que me tem ocupado e é também estranho para mim. O que foi dado como graça, pode tornar-se agravo. Cuido que não seja.

O que presumo, certamente, é que nos vasos não estejam as almas que são geradoras de vida nos corpos, mas as suas bem documentadas sombras. E nelas o tempo se prescreve.

18.

Fui ao campo e estava um trator enferrujado, pás abandonadas, e adivinhei sem muita metafísica que as coisas da colheita no Círculo se quedavam desleixadas. Mas a colheita persistia e não faltavam grãos no celeiro, nem sombras de almas nos vasos.

Talvez no método de cultivo sobrepairasse excesso de certezas. Enquanto a fome não se enfurnasse, o alimento bastava. Nem havia a presteza do porvir que atormentou José do Egito, preparando o tempo de penúria.

Ou alguma loucura se alojava na petulância humana, ou talvez desgaste, unido ao abandono.

O Vento que ajudava na produção se encolheu, ainda que não minguasse a chuva nos cereais, nas hortas e nos frutos.

O bom aviso ainda era o gemer das sementes sob o sol. Ou na azenha. E estávamos longe da infância do mundo.

19.

— Está bem — eu disse. E então? Era o barbeiro Cláudio e cortou o cabelo.

— Você gostou do corte?

— Sim. E apreciaria que cortasse mais. O meu cabelo cresce demasiado. Pode ser uma árvore.

Rindo: — Mas não posso cortar árvore, corto os cabelos, faço a barba, retiro o rastro do tempo.

— Ser humano é não deixar rastro.

— É o que faço. O cabelo pode ser um ramo na cabeça; a barba, vincos e cascas do tronco. Mas não corto árvore.

— Quanto mais limpo, mais livre de peso.

— A tesoura já podou o possível.

— Sim. O impossível — falei — sou eu que corto.

Depois pensei: nem sempre. Pode acontecer o maravilhoso. E opor-me a ele, é opor-se a Deus.

O maravilhoso é filhote do impossível. E reparei em dois bem-te-vis que voaram do ninho na árvore que eu era. Havia excesso de ar e a morte espreitava um esquilo que passava desatento. E, ao matar, tinha que morrer junto. Mas a morte não sabe morrer. E o último olhar do filhote falou mais do que ela.

20.

Havia uma mulher que eu amava e nem deixava de a alma ouvir. Que amor não tropeça nos ouvidos, entra de corpo e tudo. Era morena, encorpada, lastreada de curvas e volúpias, com olhos de riacho parado. E a levei para a tenda. Na cama solteira. Lualva se chamava e a lua queria cair do céu no abraço em que a estreitei. E fizemos amor, tinha fala amor e vi que a alma que toma leme dos corpos. Era alma demais. E os lábios unidos, brancos dentes e a língua exata e o céu dos céus nas bocas. E a boca de todos os escondidos céus. E estávamos no centro dos planetas, das estrelas maiores. E os seios brotavam com os córregos da noite. E o que pode parar o amor, senão quando a semente explode. E comemos a luz. E a luz também explode. Nem há limites de um corpo a outro, com a livre travessia do vento. E seu nome reverdece com a macieza da relva. Manhoso é pensar quando é o céu por debaixo. E dormimos, dormimos, um dentro de outro, o arquejar de um no outro e tombava ouro, ouro entre os redondos orvalhos. E o fogo não sabe mais gemer nome algum.

Noutra peça da tenda, os vasos das sombras das almas balbuciavam, arfantes. Pareciam querer sacudir a escuridão. E elas, ainda almas, mesmo sombras entendem de almas. E meu coração andava de um lado ao outro do peito, não cessava de galopar como se estendessem, velozes, pelos prados. E nas mãos dadas nos dávamos o segredo dos cometas e nebulosas. E vi, convicto, de que é no amor que Deus dorme e é belo. Toda a alma se calibra noutra e continua sob o invólucro do mesmo e intenso clarão. Tudo vê o amor e as almas se defendem como pérolas dentro das ostras.

E o amor avança, avança dentro de uma estrela. E me esqueci do Círculo e ele me esqueceu. Vou empalhar a morte como um passarinho.

21.

Entendi que no amor é que principia a nascença de alma. E no ventre é gota de Deus. Sou eu que me apodero da memória, como ela se apodera de mim. E o poço do acampamento em Pontal de Orvalho é igual ao da imaginação. Porque o espaço da sede e da água é onde o tempo se sacia. E a água é espírito que se move e não pode parar.

CAPÍTULO TERCEIRO

1.

O que tinha tudo isso com o Círculo? Nada. Como se o Círculo se esquecesse de ser Círculo, inebriado e o mando principiou a se deteriorar, por falta de uso. Ou se uso houvesse da opulência do poder, se dissolvia. Principiando pelos regentes que não divulgavam o nome, nem o rosto. E o que decidiam, devagar se ia extraviando pela ausência de intervalo entre o Círculo e o povo.

E a Caverna passou a ser um subterrâneo bizarro, ou velho porão, onde as sombras vislumbradas por Platão ora vinham, ora sumiam.

O Círculo — foi-me informado — com certo senso crítico, estar insatisfeito consigo mesmo. E tentava fazer uma autoconsciência. Ou então prenunciava que outro Círculo mais lúcido, portentoso, ocuparia o seu lugar. Como uma máquina emperrada do mundo que era substituída pela nova e bem azeitada, girando. Mantendo intocados o princípio e o fim.

Mas nada me dava a forma com que o princípio era o fim e o fim, princípio.

Era soturna a história do que parece não acontecer, tendo já acontecido.

E a velha máquina do Círculo poreja e não pode mais, ao explodir num supremo esforço. É uma explosão que não honra a dinastia do Círculo. E num dó se desmonta. Quem se avizinhasse na ponta dos pés veria que estava irreconhecível. O que havia de universal se desaprumou. E o Círculo se encolheu todo, envergonhado, ficou com peças soltas para as crianças brincarem. E se libertou de uma perniciosa interjeição que se pregara ao eixo.

Aquele Círculo, que se mostrara assustador, enlouqueceu de infância. Segundo teóricos, não conseguia mais viver sem razão. E era a razão o seu mais voraz desvario.

2.

Era preciso que um Círculo fosse mudado por Outro. E vi como as almas dos regentes envelheceram nos corpos, perdendo serventia. E decidiram retirar na crise as máscaras, desenterrar os enigmas, porque enfermaram, junto à Máquina, por fatores ignotos. Sendo incapazes de adoecer de amor, adoeceram de ferrugem.

Eram três os regentes — um deles já sumira no privilegiado desfiladeiro dos mortos. E esses dois restantes, que assumiram a cara da morte, não a temeram. Caíram subitamente no solo, como que envenenados. O que se depreende pelos sintomas. Tive eu de pegar suas sonolentas sombras de almas com o combustão da eternidade. As almas, legítimas ocupantes dos finados corpos, saíram tão velozes, que não as vi voando, ainda que tenha documentado sua passagem e vultos. O enterro dos defuntos perseguiu o sigilo de outros; o desfiladeiro os albergou em covas austeras e fundas. Nenhum sinal restou, nem como nome de rua a ser pisado. Era anônima essa glória, que assim pode ser chamada. E a Caverna tinha sono dentro. Ou o incauto pesadelo de Platão. Será capaz de ainda produzir algum fortuito sonho? Ou preservou no incerto, a casca de céus no oculto, com a semente toda carregada de céu.

3.

Não relato o que desejo, relato o que sei lá dentro, o que vai subindo pelo tronco desta árvore de sonhos, árvore de tantas e tantas raízes, árvore idosa, árvore de almas.

As páginas são também surpreendentes para mim; eu, para elas. Já que vejo o que não vejo. O mundo dos fatos que contam para mim se mostram táteis, invisíveis. Há que arrancar dali o que reluta em nos ceder e é novo. Como se construíssemos uma muralha e cada palavra a sustentasse e a falta de um só termo favorecesse as brechas.

Existe um enigma- esse das almas e o que entendi, talvez caiba o direito agora de divulgá-lo aos homens, não apenas por amor, mas porque é mistério. Isto é, desassossego. E como diz o Gênio do Cosme Velho, o melhor a fazer com o enigma, é sacudi-lo pela janela fora. Mas se abandonaria, o que descabe — o seu elixir de encantamento.

Se narro parábolas, por vezes, ou fábulas, é talvez porque os sentidos se ampliam e uma coisa pode começar outra, ao infinito. E com a palavra principio a envergonhar a morte.

4.

Era uma alma que desejava e se esforçava por ser alma autêntica. No espelho procurava a tal de autenticidade e parecia achá-la num reflexo, mas o espelho fugia com as imagens entre suas águas. E resolveu pôr no baú, o espelho, por imprestável. Começou a perguntar-se se alma existia. Passando ela a depender do que julgavam as pessoas. Mas alma não se expõe e tem tal beleza que pode fulminar. Então se recolheu. Porque entendeu que se era alma não podia deixar de ser autêntica. Porque a natureza não vai contra si mesma. E o selo é de nascença.

Tive compaixão daquela alma, pertencente a Gregório, o marinheiro. Enquanto a ocupava, me calei. Mas ao falecer num acidente, ao ser jogado longe da bicicleta, peguei a sombra de sua alma que refulgia, já que a verdadeira, ocupante da sombra, ascendeu às alturas siderais. E está documentada num dos vasos de minha tenda, farta de tamanha realidade.

5.

Meu canário se prendeu noutra dimensão do sono, ou deve visitar o paraíso dos pássaros. Também eu me deito na cama e recordo a amada que a perfumou. Todos somos iguais dentro do sono, tal se voltássemos ao jardim da infância do primeiro desejo. E o sonho não morre de parto, parecendo a alma desossada para ficar mais lépida.

6.

"Grande homem é o que não perde o coração de criança" — observou Mêncio, em 275 AC. E quantos grandes homens existem? Ou são, a maioria deles, tão pequenos e soberbos, que deles nem se entrevê a sombra de alma. Porque se a alma mesma se esconde dentro do corpo, sua sombra refulge ao redor, animada, levitante, igual a um renitente sopro. Quando é grande a alma não resiste — sem carecer de sombra — jorra pelos olhos. Imperativa. Digo isso por conhecer bem de alma. Não precisa de pá, se for grande, para tirá-la do esconderijo. É capaz de se espalhar no brilho de uma palavra. Ou todo o esconderijo é pouco quando não quer se expor, por medo ou pela consciência de trazer tamanha luz. Por serem as grandes almas contagiosas.

7.

Tudo o que se inventa, passa a ser verdade. E o que não se inventa, já deixou de ser verdade. Como duas pedras que se chocam, o fogo vem das palavras e o discernimento, da luz. Assim é o que relato. A invenção da palavra é a invenção da verdade. Só o amor adoece, a palavra não. Ela cura.

8.

Volto à notícia do novo Círculo e da nomeação de três regentes, com a repetição que singulariza o poder. E o que muda, já é a vontade de mudar. Porque a história aprecia repetir-se como um disco fanhoso, sem imaginação.

E como surgem os regentes? Outro mistério. Nem alma pode espiá-los. Muito menos disparar alma. E tais dirigentes estão imbuídos de secreto fervor. Voltando o enigma a ser máscara e poncho da resplandecente governança. Porém, entendo: o que fariam sem a cobertura do mais obscuro?

E todas as civilizações tiveram o seu Círculo, mesmo que não tenham sabido — alegam certos especialistas. O que se inventou já foi bem antes inventado. E só existe quando se descobrir.

Todavia, os sistemas brotam e fenecem, mas o povo de Pontal de Orvalho não baixará a cabeça. Nem aceitará baixar a cabeça nunca, nem ao medo. E eu posso não saber do Vento a letra, mas sei a música. E ele nunca me deixará baixar a cabeça. Minha cabeça é nas estrelas.

9.

Não gasto idades, nem são medíveis. Até debaixo das separações, podem as mãos se estenderem. Ser feliz me perturba e, se não me perturbasse, não poderia ser feliz.

Meu povo cheira a sol, João Aragem é meu rio, bebo a limpa água, o pão é cândido, o ar intacto. Ser feliz não me perturba, é universo e vai comigo o mistério escrito nas sombras das almas.

10.

Sou levado pela história e não há vendaval que me transporte para fora da palavra. Tenho avidez de luz.

Quanto ao Círculo, um fato me estranha: não há antepassados conhecidos. E se existiram, tiveram a boca enfiada na Caverna. Nem ali precisou de um Sartre para discutir a existência ou a essência, nem a ideia de o homem ser algo a ser superado, quando é muito chegar a ser humano.

A linguagem é a pele da Caverna, sendo a alma, pele de Deus.

Pensamos por signos, círculos? Não. Pensamos por abismos. E o limite do mundo é o do abismo. E nenhuma alma é perdurável fora do mistério.

11.

Não lembro nada de quando nasci. Mas tive, cedo, o que Kierkegaard (tinha um paiol, onde residiu em Pontal) chama de "a vertigem da liberdade", que nada tem a ver com o que adveio depois, a vertigem do Círculo. E sou uma árvore de almas: as sombras ocupam os ramos ou vasos. Há mais raízes do que folhas.

Nisso meditava, quando chegou Lualva e sentou comigo na porta da tenda. E eu a fixava com muitos olhos (o amor nos cria olhos acesos nas costas, nuca, ombros — pelo corpo). E os de dentro de mim as contemplavam ainda mais inteira.

— Olhaste, olhaste bem?

— Quem és que tanto desejo?

— A natureza me concebeu assim, como a árvore as amoras.

— Sem culpa. Somos felizes.

— Amar é ir ficando nas coisas.

— Não, não canso de ser feliz.

— Sou pedra. Não escolhi. Posta na luz.

— O amor é beleza e ameaça.

— Não temo. Partilhamos.

— Temos tanta alma, que pouco nos serve o corpo, salvo para celebrar a alma.

— Às vezes corpo é alma.

— Sou meu corpo no teu.

— Está vertendo silêncio o amor.

— O silêncio vai-se cavando, cavando de amor.

— Não é preciso dizer tudo.

— Não dizemos nada em tudo.

— Quando a primeira vez que te abracei: tinha alma junto e se ocultou.

— Meu corpo no teu, como na candeia o lume.

— Somos de palavra uma só candeia. E é o fogo que tira o pó que vem sobre o amor.

— Eu te amo — falei. E o que se ama, se inventa.

— É o paraíso...

— É estarmos no mesmo grito.

12.

Lualva não podia ficar. Abraçou-me e se foi. Morava noutro lado de Pontal e trabalhava em artesanato de cerâmica. Não existe impossível — cogitei. O impossível está nas coisas, não em nós. E compareceu uma conhecida de infância, Dina. Queria contar-me a forma com que fora curada de dor muito aguda na cabeça. Disse-me que era viúva de não ter dor. Sorrindo, narrou-me ter seguido um conselho meu, antigo: use a palavra. E assim fez. Pôs a mão devagar sobre a cabeça enferma; na mão colocou palavra. A cabeça queimava. E não doeu mais e não doerá nunca de nunca mais. E me disse: — Foi a alma da palavra. Não repliquei. O Impossível não está nas coisas. — Foi a palavra, foi — repetiu. Fiquei depois disso alegre, sim, tive a coisa da alegria em mim. Dina era prova de palavra.

13.

Não se cerze de viver, mas de ir pagando a alma. E alma se paga? É de carregar o corpo. E se paga também de não caber tudo. Ou que saldo de juros se solve sem reparar?

Se abro a tampa do baú (ou vaso) de documentos de cada ser em sombra, leio frases, números, dados, datas, currículo, inchados álbuns, devendo sempre haver brisa pelas frestas. Alma se paga de nunca se gastar.

14.

Quando estamos felizes não lembramos o Círculo e nem ele nos lembra. Se estamos vivos, não necessitamos argumentar. Montaigne observou que a filosofia nos prepara para a morte. Só o amor nos prepara a vida. E a palavra para ferir a morte.

E o que me deixa tranquilo é que as almas — nas suas sombras — manifestam-se contentes comigo e eu, com elas.

Ter esperança se agarra nalguma tábua de razão. E não estou disposto, nem pronto para dizer quanta razão retomo de aperfeiçoar alma. Nem acho necessário que o absurdo se importe comigo, já que passei sem ele.

E se não somos terminados, não é preciso pôr à prova nada. Não cabe pôr à prova o que não depende de nós. Parecemos animais esperando algum movimento do dono.

Olho e minha vizinha Genoveva, que está surda, cuida de margaridas, ou as flores cuidam dela. Vejo molhá-las com um velho regador. Chovem palavras, quando chove amor. E o que respira não é desprezível, por diminuto que seja. O que me assusta é não reconhecer a grandeza da pequenez. Mas nunca presenciei a grandeza se assustar de si mesma.

Entendo as palavras, porque elas me entendem. Mesmo que não me entendessem, tentaria conhecer seu assentar e levantar, sua harmonia de levitarem o desconhecido, como se erguessem uma pedra onde o limo, formigas, cogumelos, segredos de racimos se escondem, pondo tudo para fora. E palavra sabe o que está dentro da palavra. Por isso, nada me faz acreditar na minha morte. É como se eu já tivesse partido e a palavra, a palavra — eu vi — foi expulsando a morte. Mas não vou explicar. Mesmo todo engolido de palavras. Com saudade, que é o vento virado para dentro. Dentro de Deus.

CAPÍTULO QUARTO

1.

As coisas humanas se desplumam sozinhas e nem sabemos como vamos pondo tanta razão em tudo. Mas que razão é tão maior que nos convence de se unir aos poucos, quando o abandono chega sem recado? Fugidio das discussões que mais desgastam, que iluminam, sou popular num grupo flutuante de amigos. E me cansei da sucessiva tarefa de guardar sombras. Lembrando-me do que afirmou Paul Valéry: "a coisa mais importante é a que mais se repete".

Fazia tais considerações quando me noticiaram que um rapaz de 16 anos, para agredir os pais, enforcou-se numa árvore. E os suicidas são de uma espécie conturbada. Não raciocinam a morte, deixam que ela os raciocine. Os pais estavam irresignados e chamei os soldados para o enterro no alto do monte. Foram expeditos. Aquele corpo se esquivara de alma e só catei a sua sombra, coitada, corroída e a coloquei no vaso, documentando o desastre. Sim, desastre. E o Aqueronte com a boca terrível. E essa alma se evadiu, corujante, desamparada. O jovem foi sepultado entre as urzes, mas como sói suceder ninguém mais soube onde jaz. A rebeldia, às vezes, é pior do que a morte. Ali não há patriotismo ou nacionalidade, ou devoção. Na irreverência, o fim da noite. E a noite queria me pesar e com a palavra a rejeitei. E me recordei dos versos de Dante Alighieri: "Ó para o eterno tão gravoso manto/ Ainda nos voltam à mão mansa/ com eles atendendo o triste pranto".

2.

Não sonho o futuro, é ele que nos sonha. Jorge L. Borges, famoso em Pontal, diz que somos sonhados. Mas o que me sonha é Deus.

Se estivermos ligados uns aos outros, como me vinculei às sombras destas almas, haverá entendimento uns com os outros, uma telepatia ou código morse que desmontará o sistema e não existirá Círculo que nos domine. Saberemos juntos o que nunca atingimos saber. Cândido, indevassável é o poder que temos e que cabe assumir com a palavra na mão.

Finaram-se meus tios que eram ávidos de dinheiro, meus pais que talvez sejam pássaros nas amoreiras e certa vez, ao contemplá-los pareciam levar o mesmo rosto e não sou mera folha arrancável dos acontecidos. Nem os acontecidos resistem como uma árvore.

Dona Darci andava numa cadeira de rodas. Tinha um buraco na perna como ossos ligados, como se uma roda. E ganhara o sustento, tecendo malhas para fora, com perseverante tricô. Encarquilhada, rosto macilento e olhos ágeis, persuasivos. Vi que a alma nela era de juventude abaladora. Não se lastimava; sorria através dos limites, dos pés parados. E alfabetizava as linhas; não punha nos dedos metafísica alguma. E se alguém perguntasse sua história , nada dizia, sorrindo apenas. Como se mais confiável fosse o silêncio. Sabia que sua glória era a cadeira de rodas e encontrava os seus semelhantes nos fios. Não falhavam. Mesmo pegando sono debaixo de um tamarindo. Dizia: Os sabiás entram nos meus sonhos, com a porta de alma aberta. Não sei o que lhe falavam. Há um idioma só perseguido nos sonhos. Murmuram sempre outra coisa ou sentido, de acordo com o soar da imaginação.

Dona Darci tinha estilo, esta dificuldade da paixão. E possuía flor na sua idade.

3.

Há espíritos simplistas, incuráveis psicólogas. Racionam, sobretudo as últimas, com imagens delirantes. Ou por terem alguns grilos nas ideias, ou por acharem que a razão não pode ter corredor nenhum, onde bater o vento. Querem a alma castiça, sem influência estrangeira, com cheiro de velas na encomenda de defuntos.

E se algumas beneméritas psicólogas se livram da loucura, outras são dementes assimétricas, avariadas na perda da infância. Como poderão reinventar a infância dos outros? Não me rio dos loucos, rio-me da petulante loucura.

4.

Não é que Everaldo, o doido daquela comunidade, de olhos desorientados e voz mais desengatilhada ainda, avançou gritando frases desconexas pelo acampamento central. Como se tivesse engolido um gramofone fanhoso. E gesticulava, grande, aterrador. Sempre tive desconforto com a loucura; ela, comigo. Tal se tivesse uma mecânica organizada ao avesso. O temor deu lugar à misericórdia.

Ele disparava seus passos a um lado e outro, como motor quebrado, sem força, só ruído. Foi quando segurei firme a minha palavra, soprei sobre ela, para que houvesse espírito e a descansei na testa do desvairado. E disse o que é de ordem nas esferas. O louco Everaldo se desequilibrou e caiu como um galho na estrada, caiu e se derramou no solo. A doidura, de esperteza, foi correndo fora, correndo num pé de vento.

Everaldo voltou a si, estando agora longe da lei da demente gravitação. E o juízo também se atualiza.

5.

O que me incomoda é encher formulários sobre as sombras das almas e elas se aquietam espessas no fundo dos vasos, como uvas nos cachos da parreira, ou antiga mala de zinco.

Algumas pareciam esticadas como roupa no varal do destino. Peguei certo amor por elas e sua ponderável solidão. Mas deu saudade de Lualva que viajou para rever seus pais e eu disse sim e até o severo canário na gaiola disse sim. E amor não acaba nunca. Os que defendem seu fim, enganam-se para não perpetuar a dor.

Pode alma esquecer de si mesma, ou de outra que a estreitou? Tudo vive para reparar que no amor não há morte.

6.

Plantei no quintal beterrabas, tomates, batatas. Não há coisas, nem almas desprezíveis. Botei enxada na terra que tem também suas regências verbais. E roncava como cuíca a enxada. E a pedra se avariava de cabeça. Botava enxada de luz e larvas saíam, chispas. E a noite era uma bicicleta encostada na árvore.

Beterrabas, batatas e tomates puseram a testa e as orelhas para fora. Observei as cebolas, que jaziam antes e germinavam; não havia nenhuma nesga de populismo, comunismo na casca inchada das cebolas. Nem havia erudição alguma. E a noite não se concluía sob as pedras.

7.

Não se negocia alma, como grandeza não é vendável. Vige uma alma no universo e a que se estabelece tem cova para dentro, igual ao tatu. Quanto mais se oculta, mais brilha. Não tem doutoria de universidades o catar de almas. E aumenta de ser tão formosa. O que acontece não para nunca, porque de acontecer, em sossegar até o vento murcha. E nem viceja qualquer grão de inveja na luz de uma alma para outra. Porque o almar é eterno.

8.

Deu-me vontade de morar numa árvore na infância e tanta infância tive que nem deu tempo. Ao ter idades (sei que não possuo uma só), a tenda me basta, sinal de passagem, mas apenas posso aonde a palavra me levar.

Alma não tem gramofone. Suas imagens se grudam nela, como as asas no pássaro. E não falei em voar, embora continue no sigilo, para não perturbar. Como hão de entender, porque eu voo e eles não?

Os assuntos de viver são belicosos. E se arvores falam comigo, em seu idioma, não divulgo. O que se guarda é porão na boca.

9.

Os pensamentos humanos não param, não querem parar nunca. A teoria de Jacó Belém, filósofo-aprendiz, é a de que os pensamentos nascem do Círculo e se propagam em voltas. E é nos pensamentos que o Círculo influi em Pontal de Orvalho. Os pensamentos não param, nascendo as ideias como aves nos ares. E verifiquei que na calmaria, o Círculo exercia seu poderio. Segundo alguns possui um campo magnético invisível.

Jacó Belém via o que outros não conseguiam, como se ali houvesse uma ave no topo e ninguém mais a contemplasse.

Estava certo de que, como também o Círculo se intrometia na matéria de almas, ou os vasos de sombras. E o Círculo não era Deus, apenas O imitava sem a fulgurância ou unidade. E a convicção de que Deus não faz a mesma coisa duas vezes. Mas igualmente pode fazer a mesma coisa tantas vezes e ser diversa ou imponderável.

Intuo que as almas têm duração que ninguém mede e se abotoam de tamanha claridade, que nem a claridade sabe. Isso se dá quando livres, isentas de corpo. E não podem descer entre graus do mesmo sonho.

10.

Não tenho como me esconder de existir. Se sou ou não instrumento do Círculo, ele também não passa de meu instrumento. Porque de almas me empenho. Não posso me esconder, como de mim não me escondo.

E fui contemplar o rio João Aragem, a perna de Deus. Quando chove, é como se eu viesse após a potestade. Sou um bom entendedor de trovões. E a vida embrulha apenas o que quer. Fiquei exausto de esperança. Apesar do cansaço, me alegro, por estar vivo de palavra. Mas não, não me escondo de Deus. E o que os mortos não falam, no mais calado, afunda. Não se esconde de mim o que é alma em Deus. E choro de doer o humano em mim. Amor mistura amor? Perto de Deus tudo é feliz. E o mundo é menor do que o mundo.

11.

"As palavras são estrelas", diz o Padre Vieira. E todas estão na sua ordem. E o que vai como estrela não retorna. Porque variam de céu, como as árvores de aves. E me levanto, quando o espírito me levantar. E foi quando, sem que vissem, voei sobre o acampamento, sobre o cimo do monte, sobre os vivos e mortos. As palavras são estrelas e voo sobre as minhas palavras.

12.

Eu leio o céu branco, mesmo que a noite leia azul. Ou leio o rio João Aragem verde como o vento. E o que se ama, assentei não poder ser menosprezado ou destruído. E o que ninguém talvez admita — recolhi vivendo: a luz cria palavras.

13.

Ao despertar numa manhã, olhei para o meu canário na gaiola e estava hirto, morto, frio. Chorei e pensei na alma dele no paraíso dos pássaros. Arrumei a mais tenra terra para o seu sono e era como se enterrasse uma maçã de asas. Ali, na proximidade, Júlia, doméstica, de meia-idade, prestativa. Ofereceu-me um passarinho para a gaiola não permanecer vazia. Não quis ter pássaro, nem gaiola. Bastava o voava em mim.

Foi quando o Círculo condoído (tinha no recesso, coração) me resolveu recompensar, autorizando por sua conta a construção de uma casa de pedra, com arejado sótão, indispensável para os vasos de sombras de almas, fora da vista dos curiosos. Eu era manuseador de um mistério, que me ultrapassava. E o sótão não possuía orelhas, nem boca e uma escada interna. Minha barba cresceu. Grisalha. E me criava prazer ao ver as beterrabas, tomates, batatas e algum outro legume, grandões, adultos na horta, aos fundos.

Uma tarde vi um cachorro cinzento e rafeiro, farejando as verduras e me deu piedade. Passei a alimentá-lo, mas não o tomei para mim. Podia ter dono. Até que o descobri sozinho no mundo e lhe dei guarida atrás da casa. Intimidade vem sem avanço. "Arauto" — ficou seu nome. Não sabia de quê. Talvez da ventura. Agora tinha um novo pássaro de plumas e focinho, que não gorjeia, mas late. Não voeja, mas guarda, como raros, o sótão das sombras das almas.

Certa noite, enquanto eu dormia, um intruso (sobre quem estou ainda a investigar), forçou a porta, depois tentou arrombar a janela e o cão ladrou com tal barulho e fúria, que o intruso pôs as pernas de alazão, mais rápidas do que ele. Queria o intruso violar a sombras das almas, porque o mistério atrai. Ou talvez buscasse decifrar algum outro enigma, torturando sua cabeça. Se eu era um ser diferente, não me competia justificá-lo.

Quando me sentava num banco perto dos vasos, era como se me assentasse ao pé das tumbas. Com o pormenor: tratava do que era vivo e lia nas sombras. E era o que lia em Deus.

Conheci um tal de Kayan. Lia livros até na rua, ou a caminhar pelo acampamento. Ao cair doente de tifo, bradava coisas, ora sem nexo, ora com alguma razão: — A moral vive da liberdade! Não entendia muito por que falava em moral, mas o que sabemos sobre o delírio humano?

Gritava, precisava ser ouvido, senão pelos vizinhos, pelas pedras. Extenuado, sua alegria eram os livros. E os sugava, até se fartar. O que revelava suave, álgido sintoma de loucura. E afinal somos tão lúcidos, lúcidos, que podemos enlouquecer de amor.

Contraditório, febril, Kayan, depois do tifo, acabou demolido pela tuberculose: — Não se vive sem síntese! — resmungava. E morreu num vagão de trem para outra cidade. Passando dois dias sem alma — o que era um milagre. Por confiar-me a alma que, no aprazado, avoou para as altas esferas. A sua sombra, essa resguardo documentado no vaso que cobri de violetas.

14.

Lualva, minha mulher, morava noutro canto de Pontal. Vinha ver-me, sempre que podia. Era jocosa diante da adversidade, que enxotou como vespas. De alegria saudável, jubilosa tinha alfabetos, como as árvores para os gregos.

E se lhe perguntava a sério sobre certos políticos e o Círculo não dava atenção a eles, como se saltimbancos fossem, sem circo, sua resposta: — São elefantes que se alimentam de ovos!

Morena, jeitosa, sensual, de cabelos espessos, era inquietante, via coisas demais, o que nem reparava.

Uma noite, ao chegar em casa, desfigurado pela raiva, ao assistir um velho judeu e caolho, ser espancado por soldados, a ponto de sangrar, sob o pretexto de haver subtraído um molho de cenouras da feira, Lualva reagiu assim, comigo:

— Por que ficas tão doido?

— Sou assim diante da injustiça, sabes! — respondi.

— Dizes que o velho é belo, mas como, se é caolho?

Falou com certo senso de ridículo. E refutei. O fato é que Lualva detestava a dor, não queria saber dela e se irritava. Amava os truques, mais do que a mágica. Não se ajustava ao real. Por isso, quando nos encontrávamos, o amor levitava. Mas de temperamento ousado, viver muito tempo junto era o registro de suportar o amor. Ou sentir quanto amor nos suporta. E quanto o espírito pode alcançar a ser corpo.

CAPÍTULO QUINTO

1.

Tudo o que é de alma é para dentro. E o povo de alma é de Deus.

Não oculto ter aroma de árvore, desde menino. A boca soprada no tronco e o tronco subindo do sopro.

Todo o sonho tem cheiro de árvore, por ser vegetal a luz. E a alma é vegetal e voa bem para dentro da luz.

E vi o rio João Aragem com água que enlouquece de peixes e eles parecem me entender. Assentei-me na margem e a grama grilava. Estava ali, como se tivesse atravessado a alma de oceanos. E apertei o peito do rio: o coração arfava. Lavei a palavra na água e peixes a tentaram engolir. Tirei a tempo. E um raio de sol bateu na minha cabeça. Acheguei-me ao pinheiro e o pardal no galho cantou. E sou mais forte por ter o tronco de árvore por dentro. Sentei na margem e o vento desamarrou seu cavalo. Olhei por cima do ombro e vi o sol rolando sobre os cogumelos.

O que tenho, não tenho. O que sou, destila o que não sou. E o rio também seguiu sentado ao meu lado. O que amo não está sozinho.

2.

Sou de puro ar quando amo. Mas do sótão escutei rumores e rumores, subi a escada e ratos atacavam os vasos de sombras das almas. Guinchavam. E foi meu cão "Arauto" que avançou neles. E eu peguei muita palavra na mão, bati e a escuridão ia atrás deles, a escuridão guinchava. Mas a ratazana escapuliu. Dano algum notei. Mas as sombras das almas se assustaram com a voracidade dos dentes dos ratos nos vasos de madeira, baús que considerava de primeira e segunda infância. Porque talvez fosse segredo das sombras todas as infâncias que ali se recolhiam. E se essas infâncias acompanharam as sombras, mais ainda devem ter acompanhado as almas nas celestes moradas.

3.

Vou dizer o que não disse antes. Vim a saber tudo o que não sabia, de não saber tanto. Ou porque o conhecimento devasta. E quanto mais não se sabe é que o saber nos engole.

4.

No avanço dos ratos, uma das sombras de alma em botão, num dos vasos, ficou tão alta, alta, que se alargou ao telhado. E custou convencê-la a voltar, custou muito fazê-la descer e diminuir de tamanho. Tive que usar palavra e ela foi puxando para baixo a sombra e humilde, entrou no vaso, entrando dentro de outra sombra. Depois mais ninguém segurava na palavra, a boca. E a boca da palavra era da sombra. Ou a boca dos ossos da palavra.

5.

O Círculo voltou a pensar no povo, com a construção de escola e hospital, pondo abaixo o acampamento e o transformando numa plantação coletiva, com cereais postos em celeiros (criaram um novo), para que não viesse a fome e principiou a colocação de fios elétricos, que antes apenas privilegiavam poucos.

Houve o retorno dos impostos para os vivos, não para os mortos. Vi a cara do povo rodar de alegria. Foi quando o Vento retornou a ajudar o arado e o rio João Aragem dava peixes e eram pescados de palavra. Sim, com palavra pude empurrar a vida do meu povo. E só continuava metafísica a morte.

Não sei o que fez o Círculo mudar, talvez por ter o tempo mudado, dando-se conta de que "a verdade é consistência".

Foi quando a floresta, que estava pouco visitada, mantendo-se ainda virgem, com tigres e outras espécimes, de entrada praticamente proibida, salvo aos mais ousados e aos regentes da Caverna, viu o primeiro pássaro saltar para fora das árvores mudas.

Eu já falava com as árvores, agora que se abriu de palavra o idioma da floresta, com a pronúncia acentuada de folhas. E eu podia conversar com todas, pelo Vento alfabetizadas. Percebi que andavam carregadas de sonhos.

Por primeiro, risquei o Círculo (não o dos regentes, mas do universo) no chão astuto da floresta e parecia que todas as árvores giravam em redemoinho. E o céu parou no teto das plantas e o Círculo se tornou sagrado ("Alfa e Ômega"). E vi o tigre e o lobo unidos no carvalho. Só Deus podia discernir, num sinal, a fábula de suas estrelas. Como se então tivesse começado a dar o nome a cada uma: era um exército. E se propagou. Igual ao silencioso Decreto exposto em todos os lugares: "O povo é a plenitude do Círculo e o Círculo, a do Povo".

6.

Pensei na forma com que as coisas mudavam, às vezes, de não mudarem. Mas a pele do rio João Aragem não podia secar e se não trocasse de pele, não mais caminharia transportando peixes no gibão. Então caminhei com o rio, lado a lado, bem perto. Como dois seres que tinham camaradagem, gostavam de trocar ideias.

Quando se armava fogo nas veredas de árvores e juntavam-se gravetos, a chama nascia do bater das pedras, aquecendo o povo no frio do inverno. Os rostos se acendiam e a cara do fogo era a do povo.

Nas noites, via-se mais rente a brancura das estrelas e a lenha se acabava na devoração do fogo (dele, alguns pegavam tições para assar peixes). Neste vai e vem, apareceu um menino, com um violino quebrado nas mãos e o pôs entre as brasas. Um som saiu das encantadas, chamuscadas cordas e o que era do violino foi tocando. Alguém me disse que era alma e acreditei. E, no soluço da madeira, tinha inocência e música. Acreditei ser a alma falando de si mesma. E se não falo de mim, que a alma fale. Não posso fixar demasiadamente o fogo, porque ele me desata e flagra. O que é matéria se depara na matéria e tenho medo de ser levado na luz.

Na palavra, ninguém me agarra. E já vi o fogo manso sentar na pedra. E relatei tal sucedido, para que o espírito me deixasse dormir.

7.

Lualva desapareceu, como veio. Acatei as primícias e deixei que fosse a vida me levando. O que para, morre.

E vou dormir para dentro, que o sonho sairá para fora, até pode vagar na floresta sozinho, descendo as encostas. O sonho vai aonde não posso ir. Isso talvez seja de alma e me torna eterno.

8.

Não esqueço nunca que as coisas pensam e até os objetos assumem personalidade. E as coisas explodem, ou seu mecanismo emperra. Possuem certa energia do terror. Mas é inevitável o reconhecimento do que é vivo. O meu cão sabe disso antes de mim. E se alfabetiza num osso. Ou no tutano da manhã.

Não conheço indiferença. E a grandeza da vida é aspirar a

uma paz que não se limita ao corpo. O meu cão sabe ter a sua paz e pode confidenciar na confiança das beterrabas e tomates. E não é traído, nem trai. Talvez seja meu cão mais livre do que eu. E nisso não vai filosofia.

Nem uso relógios, horas, coisas que me dão dependência. E o meu cão também não precisa disso. Talvez tenha mais que aprender com o cão. Não por desconhecer o tempo, mas por não exagerar com ele. Até se aparecer num bocado de carne irá comê-lo. E digo de passagem: ainda não ficou provado que os cães não riem. E podem estar tantas vezes rindo de nosso desconcerto humano. O que não importará, por nos faltar o senso de quanto somos ridículos.

9.

O cimo do monte era pouco visitado. Por causar desconforto e tremor o anônimo cemitério. Ou por termos em relação aos mortos um contacto distante, deixando-os tratar do que lhes convém na aristocracia sumarenta dos vermes e outros insetos. E nem lhes cabe mais, inertes, espionar os vivos, nem preocupar-se com as invenções e progressos científicos.

E as três pedras circulares persistiam. Com um pormenor: uma delas começou a ter tonalidade negra, diferenciando-se das outras, com a circunferência um tanto roída. Persistindo nelas um misterioso nome. A mudança de cor, para a de treva, numa das pedras, ocasionou, que um profeta, Medrad, que era coxo, de ínfima estatura, ainda que, com fama de radiosa inteligência, vaticinasse ser isso puro indício de calamidade. Só que não disse qual seja, ou nunca saberá. E a verdadeira profecia é atestada apenas quando se cumpre. Dirá alguém: — Por que não se corrige a pedra circular puída?

A energia, ali, é tamanha, que aquele que a tocar pode ser fulminado. E ninguém — que se saiba — guarda a veleidade de morrer.

10.

Observei que houve interrupção de mortes e enterros, como se ocorresse um armistício. E os dias ficaram quentes, bem mais do que antes. Não havendo notícia alguma do Círculo. E as sombras das almas no sótão de minha casa davam-me a certeza de que falavam entre si. De noite confirmei: confabulavam. Sabiam a respeito da sorte final de cada uma, ou a definitiva experiência no paraíso. Ouvia sobre a felicidade e não se intimidavam ao ver-me, como se fôssemos de uma comunidade à parte (e éramos) do belicoso invisível.

Plantei num canteiro da horta, sementes de crisântemos e é anúncio de severa esperança. E no céu a travessia era a de um chapéu de aves. Mas o desamparo é dos homens, não das coisas. E a memória se escreve para dentro.

CAPÍTULO SEXTO

1.

Não preciso dar nomes a Deus. Nenhum O exprimirá. E não adianta o que é da Potestade. Ou o gaguejar de estrelas.

Se alguém pensa que o Círculo O substitui, engana-se. Já viram a lua substituir o sol? Não há motivo de as coisas acontecerem, basta que aconteçam.

Se o Círculo fosse Deus seria muito restrito, confuso, desatinado. Deus é aonde não vai o Círculo. Nem aonde vai sequer a memória da espécie. Deus é quando antes do mundo.

O Círculo gira no Círculo, Deus gira em Deus. E não carece de saber porque as coisas acontecem. Basta que aconteçam.

2.

Cuido das sombras das almas e descobri, ao mexer nos vasos do sótão, que as sombras tinham propriedades especiosas. Possuindo dentro delas levíssimas pedras, pedras de fogo, como se fossem casulos com larvas. Dando a impressão de pedras dentro das pedras. Brilhavam nas chispas e centelhas. Cada sombra, o murmúrio que se tapava de eternidade.

E quando os ratos de novo voltaram ao sótão, foram de novo rechaçados. Ao quererem ser civilizados, não podem. São truculentos, vorazes. E os humanos se civilizam, por conterem infantil docilidade.

3.

Penetrei na floresta entre árvores e era como se a floresta penetrasse em mim. Mas não sou a floresta, nem tenciono, salvo beber a infância. E uma hiena parou, deu voltas, lambeu uma das patas e grunhiu. E eu voltei em torno da hiena, como gosto de dar volta de palavra. Gaguejei e tinha uma palavra na mão, de pontaria. E a hiena se foi arredando e correu numa clareira da floresta. O que se repete da infância não se repete. E inventei, perdoai-me, inventei de não morrer.

4.

Estava ficando sozinho e abandonado pelo Círculo. E julguei que envelhecera, mais do que o meu ofício, com sentimentos intactos com os vasos das sombras das almas. E a asma me derrubava na cama, com os espasmos. O que me supria, era o focinho e os olhos de "Arauto", o cão, que se agrandaram. Com certo esforço, me arrastei para fora e voei. Sim, podia voar e atravessei a floresta com aves me seguindo, fui ao cimo do monte. E a desordem das pedras circulares me atordoou. Era como se ali se desdobrassem os espaços infinitos e os símbolos se desmontando sozinhos, sem glória. Estava já num mundo desvairado, que não reverenciava mais os mitos. A sua desolação ou decrepitude é a ausência ou o desleixo deles.

Comecei a intuir o fim daquela civilização do Círculo, salvo se viesse outro como um filhote de águia que rompe a casca do dinástico destino.

A Caverna, que vinha de Platão, restava escancarada e nada se nutre apenas de passado. Vi no pórtico pedras sonolentas, com a percepção de que os regentes sumiram, presos no mesmo mistério, que já não servia para nada. Ou jaziam sepultados na harmonia dos silêncios e desastres, ali no desfiladeiro, sítio sagrado para os que a vida fez abdicar do poder. Ou o poder lhes abdicou de vida. Por ser uma repetição de calamidades, algumas vagarosas e sem ruído.

E se os regentes desapareceram, onde pousaram as sombras de suas almas, ou se quedaram ao relento?

Voei, voei, voei até em mim mesmo, não me interessando se me viam, ou não.

Achei, depois de dúvidas, que não devia mais ocultar o maravilhoso, sem motivação fundada. Todas as coisas continuavam e o invisível fora trocado pelo universo palpável, sem a graça de haver segredo. O que antes era sagrado encarnou-se no profano. E em certo desterro.

Mas ainda preserva a palavra e ela me preservava, como reduto impossível de ser abolido.

O cão me olhava, depois que retornei do voo, quando me abismava diante das hortaliças e dos antigos desejos. Tinha, sim, enorme misericórdia e em tão desafortunado mundo não sabia o que fazer dela.

Mas basta que exista, para que o universo não tropece. E basta que sopre o vento, para que se compreenda que a vida persiste: é o mesmo que viu Roma e Cartago e não se abala com o surgimento ou término das civilizações. Porque o homem resiste. Sua grandeza não será violada. Tendo a invencível substância do espírito.

5.

O que parece terminar, recomeça — pensei. Os homens mudam de céu, mas o céu não muda com os homens. O pior é quando — não é o rumor — mas o silêncio que vai mergulhando nas coisas. A perturbação é ainda indício de vida, o silêncio, aviso de morte. E eu, enquanto possuía palavra, resistia. Era maior do que eu. E o mais, não precisava explicar, quando era explicado. Nem isso. Vivia e até o respirar era desequilíbrio.

6.

Joaquim era um bêbado inveterado. Passava, arrastando-se na rua, cabeça febril, cambaleante. A mulher Leone suportava essa costumeira loucura enfiada na cachaça, no conhaque. Sua infelicidade era indefinível, não sei se vinha do falecimento da mãe na juventude, ou do ciúme (sua companheira era bela), ou do desajuste no trabalho de sapateiro. O que se sabe da desventura do homem?

Tentei várias vezes transportá-lo para casa. Mas chegou o instante em que resolvi tomar a palavra e curá-lo. Devia antes curá-lo da sede, depois da infelicidade, depois do medo de existir. Estendi a palavra sobre ele, como se põe uma compressa de água quente. E a palavra absorveu a febre, a intemperada vontade de beber, a loucura que se debatia naquele homem.

De palavra, vi que tudo saía, quando Joaquim suava. Após, veio o ânimo de dormir muito, muito, incansavelmente. Ao levantar, sorria, não era o mesmo. E a paciente mulher o abraçou. O tempo sabe ser cordato quando quer.

7.

Diz o poeta Eliot, que "um homem não pode suportar tanta realidade" e era um verso predileto. Mas é a realidade que não pode suportar o homem. Rompi com as proibições e me enfurnei na Caverna, onde, provavelmente, os acontecimentos se precipitam. Mas a realidade tem graus. Não conseguimos ficar sem ela. Nem é sonho o que não sabe flutuar.

Achei na entrada da Caverna bordas de lajes e a imagens na parede desde Platão foram consumidas pelas pedras. A Caverna estava vazia e nós levávamos por nada sua marca sobre a testa. Ainda bem que foi suprimida. Por não carecermos de marca alguma. Basta a de haver nascido. Ao ser arrancada a marca de todos, não há mais peso de os humanos carregarem. Quanto mais tirar marcas, mais arranco grilhões. As marcas são máscaras. Ao nos salvarmos delas, nos salvamos de nós mesmos.

8.

Houve uma feijoada na casa do vizinho Gerundino, negociante de panos e linhas de tear. As panelas fervorosas, carregadas de linguiças, costelas de porco, carne seca e outros cozidos. Com laranja, e farofa, ao lado.

Gerundino era grande, robusto, destelhava alegria. Entre os convidados, estava um tal de Aretino, esfomeado e jogador, que se engolfou num prato cheio e noutro: não dava intervalos entre a sofreguidão e a gula. E se afundou na gordura: a cabeça não cabia no prato. Homem emborcado no auge do delírio. Peguei sua sombra de alma, porque a própria e titular foi subindo para as olímpicas alturas. O corpo achou sua cova no cimo do monte. Poucas vezes se soube ter sido mais voraz a cova, do que o corpo.

Desconfio que a alma cheirava a feijão no paraíso. A não ser que sobrepaira a teoria de que a alma não guarda nenhum rasto. Com a certeza de que a substância maior, a divina, absorve a terrestre, que é menor.

CAPÍTULO SÉTIMO

1.

Conto com o que menos se espera. E as coisas que ouço tem amor. E muito mais o que não sabe é feliz. O que cresceu em mim não ia mais parar. Desconfio do que sei, mas desconfio acreditando. O vau do mundo é o mundo. O que Deus faz se fecha. E vai cozendo escondido.

Não preciso inventar nada, se tudo já está inventado de tanto se inventar.

2.

A Caverna se tornou anacrônica, como tendem ser todas as cavernas. E aquela não podia ser igual a outras, ou morrer afogada na fundura. E com a ruína iminente, vi que escapavam os ratos. Ademais, as sombras que apareciam na parede da Caverna de Platão, mostrando nossa transitoriedade, ou as imagens da vida que se dissipavam, podiam ser sombras de almas, como as que eu guardava nos vasos do sótão, as teimosas sombras das almas.

Ao saber desabitada a Caverna, percebi que aquele mundo tornara-se estéril e exilado. E veio com seu atraso uma tristeza sem pátria, quando o nível do ar é semelhante ao do chão e os olhos se fazem secos, secos, informes.

Mas quem sabe a Caverna não é nosso próprio coração e se esvazia cada dia com a esperança que adoece? Coração sem popa ou velas. Ou as imagens que Platão contemplou são as do coração do seu povo.

O que envelhece não sabe ter raiz. E talvez não diga suficiente toda a natureza escutar o nome de Deus. Tudo acaba e fica acabado e vem um trovão na chancela do fim. Mas digo Deus para o recomeço, pois sei que um homem vive mais do que morre. E pode dar crias de ser feliz.

3.

O que é aviso não dorme. E vi uma águia branca descer e me assustei com a surpresa. Abaixo dela, vinha na minha direção um cordeiro alvo, alvo. E temi que a águia atacasse o cordeiro. Mas não: eram aliados, gêmeos de mesma mensagem. Primeiro me disse a águia, por questão de hierarquia: — Não te atormentes! A Caverna voltará a reverdecer, pulsar e o Círculo na rotação que se arrasta tarde terá o empurrão do sol. E falou o cordeiro e não sabia que pudesse ter voz, quando simplesmente balia: — A paz virá no meio do povo. Ninguém tocará nas sombras ao teu cuidado. O que existe em palavra cresce de alegria.

E desapareceram num clarão. Bom é que não preciso me corrigir de amor. Quem somos, sem os símbolos e sinais? O que cresceu não ia mais parar. E flor de existir não tem nome.

4.

O que não tem defeito é do céu. E os dias pareciam sem defeito. Já que cremos nos sinais: eles não dormem. E desvendei que o gatilho do Círculo é o Círculo. Tinha pontaria. Mas Deus que o rege e a pontaria é de Deus.

Ademais, não preciso inventar nada. O sonho para existir, precisa flutuar.

Mas o sonho não queria saber muito de Plauto Tostão. Um bruto. Não suportava ver busto ou pernas de mulher. Perdia o senso e cortejava. Era um solteiro mais inveterado e invertebrado do que nunca. Casar? Nem de castigo. Desflorou donzelas na flor da idade ou sem flor alguma. E seu soco tinha ferro nos punhos. Foi como abateu na margem do rio, um marido que lhe pediu satisfações. — A única satisfação é o chifre! — refutou. Soube que Plauto perdeu parte da alma, desde menino. E viver de metade de alma é ódio contra o mundo. Não lograva sonhar. Porque seu sonho não podia velejar. A imperfeição da alma é a do destino. E eu, guardião, tenho a sombra dessa alma no sótão, só em metade, num canto como se fosse reprovada na escola. Morto seu ocupante numa emboscada, de tiro infalível, em metade nunca sua sombra poderá se aperfeiçoar. Agora está completa.

5.

Rosinda era uma catadora de lixo, semialfabetizada. Passava por mim e me cumprimentava, suja, arrastando as chinelas. E os montes de lixo a ladeavam, sem flores. Rosa, nascida no lodo e nos detritos. Tinha alma tão inteira — eu pressentia — que fulgurava, como se brotasse do peito. Alma é do que conheço, desde o pavio. Tinha eu a vantagem de deslizar no mistério. Não adianta morte se meter. Quando põe a cabeça de fora não importava mais. Porque a morte fica no intervalo entre o ser e o não ser. E esse acesso da terrível Visitadora raros pesquisavam.

Mas o que narro é que Rosinda, de tanto fuçar em livros de leitura popular, descartáveis no lixo, entrou no alfabetizado reino. Com mente aguçada, se amestrou nas letras. Guardava os volumes que achava para ler em sua escura tenda, onde reluzia ciosa lâmpada e também a das ideias. Depois pegou um dicionário rasgado e as palavras principiavam a enlevá-la. E fez com tábuas uma pequena biblioteca. Depois de catar detritos, descobriu o amor das palavras, que alinhava num caderno, copiando, inventando, desenhando. Polindo no vagar a alma. E era como se reescrevesse a literatura nos desvãos.

6.

Lindolfo se realçava como caçador de rãs. Gastava tempo atrás delas, até que ficou temido e elas, quando podiam, escapavam ao vê-lo E ele era astucioso, espreitando na relva.

E o mercado de rãs era apreciado, com compradores como Alexandre Boá, rico, usurário, que as fritava, ou as cozinhava à milanesa. Absorvia, contente, as caçadas de Lindolfo. Mas chegou um tempo em que as rãs escassearam, ou eram todas fugitivas para outras plagas e Lindolfo desistiu, acabrunhado. Resolveu caçar onças na floresta, lá no fundo. Ao falhar sua espingarda, a onça avançou e devorou seu arcabouço um tanto matuto, belicoso. E ficou de alma. E sua sombra entrou no meu sótão. Documentei a espécie, como se fosse uma das rãs ou a onça que caçara e que o caçou. Mas a alma titular subiu ao alto e o corpo teve enterro secreto — não no cimo do monte — mas sob os ávidos cogumelos da floresta.

7.

Lourenço padecia de diabetes e tinha cara de receita de remédio, cara de letra ilegível, onde os olhos se bifurcam na descida do nariz. Era acatado na freguesia como tratador de cavalos e ficara traumatizado ao receber um coice de um deles, quando voou e quase desovou seu rosto. Continuava, agora cauteloso. Porque de coices era a potência com altos princípios. E foi atingido, incauto, distraído por um coice final: a cara se assemelhava a uma bula de farmácia, ficando transformada burocraticamente em atestado de óbito. Da alma, confesso que colhi a sombra, também escoiceada e a outra, real, ascendeu como uma borboleta. O corpo sumiu. Parecia a pata de um cavalo num ocioso buraco do monte. E sei que o coice nada tem de coração, ainda que ao bater o coração reaja com coices, como o pulsar da chuva com relâmpagos.

8.

Viver não sabe nada. Envelhecemos e ficamos mais convictos de que viver não sabe nada mesmo. Nem quer demora.

Meditava nisso, quando na aba da noite estava pregando os olhos, tocou-me na porta Zé Passarinho. Aposentado, de avançada idade. E se acostumara com grilos, louva-deus, pirilampos. Recolhia os que podia, dava a eles certo arrimo de família, bondosamente. Amava os insetor e aves. Tinha sua pensão mensal e se propôs a auxiliar a criação dos animais. Até defender filhote de pássaro das garras de um cão. Daí o apelido que ficou nome.

Chegou na minha casa, agônico. Tinha pontadas nas costas e morava sozinho. Amor é paragem demarcada. Chamei o médico da comunidade, o Dr. Alfredo, alto, cabeçudo. Examinou-o. E falou que Zé Passarinho estava morrendo. O que fazer, quando a morte já esvoaçava naquele corpo? Ela se assustou comigo, por agarrar palavra, mas se calou no peito — de enfarte. Morte é que nem sanguessuga, ou ventosa. Deixei que em paz se fosse e era homem bom, prestativo. Fechou os olhos e vi que se abriu o céu. Peguei a suave e benevolente sombra de alma e a alberguei. Desalmada. A outra já não parava mais. Outra instância mais elevada se anunciava. O corpo de Zé Passarinho dormiu na terra da floresta, sob morangos silvestres. Não sei porque Zé Passarinho não avoava com tanta alma. E acho que nunca saberei.

9.

Não sou uma fantasia, nem estou num mundo inexistente. Tudo vai se modificando, sem aparentemente se modificar. A natureza foi mudando de natureza e eu não saí, nem entrei em nenhuma narrativa fantástica. Ao sermos humanos, tememos perder o equilíbrio, mas continuamos lúcidos. E se a realidade está em prova para nós, também somos provados pela realidade.

E ao serem vistos percevejos no meio dos móveis, tive que suprimi-los, arredei-os com palavra. Queriam comer a solidão e os percevejos comiam a si mesmos, de tão desencontrados. A palavra os expulsou, a palavra, sim, só a palavra. O percevejo não entra na palavra. Nem sob a égide da Sociedade Protetora de Percevejos.

E sou como um peixe que não pode ficar fora da água. Eu não posso ficar fora da palavra. E ao querer ir atrás da semente, é ir atrás de Deus, atrás da semente de Deus. Atrás do começo de Deus.

10.

João Zimbro era um imitador de cantos de aves, papagaios, cantores populares. Tão talentoso, que depois passou a imitar bem-te-vis, pardais, sabiás, distinguindo o tom, acento, o timbre do som. Não ganhava nada no jogo imitatório, era o prazer e a alegria lúdica. E de tanto imitar, foi perdendo a identidade e já não reconhecia para onde fora a sua voz. Não que faltasse, mas porque sobrava.

11.

Cachorro velho não late em vão. "Arauto" não se situava na escala da velhice. Nem de juventude. E cuidava de minha segurança com fidalguia. Era entendido de línguas. Não resmungava. Os olhos intensos, o focinho, quase erudito. E com ele ninguém ousava avançar na casa, menos no sótão. Quando ladrava, algo estava sucedendo, por não gastar latido. Mesmo que fosse o vento o provocando. Mas descobriu que o vento era inofensivo e ainda tinha a cauda longa. Perigoso é o silêncio. Sobretudo, quando se encaixava em outros. E gostava de espiar a manhã com os passarinhos.

CAPÍTULO OITAVO

1.

Sempre me ajudou este outro Círculo de minha fidalguia. Riscava-o no solo, punha a palavra dentro e algo se manifestava no universo. Eu tinha palavra, mas era ele que girava a palavra, até explodir.

Com a notícia de que o Círculo daquele mundo se desaprumara, certa ordem se desordenou.

Mas eu continuaria a riscar este Círculo — que eu traçava — do princípio e fim das coisas, amparado na palavra, que era irrefutável.

Hoje, admito que o Círculo daquele mundo não é o gatilho, é a bala do disparo. Estando seus efeitos no domínio do sobrenatural.

E dois enigmáticos regentes que ali atuavam, são apenas empregados mais graduados do sistema, que se encobre, pendularmente, no domínio tinhoso de Deus.

Chegando esse Círculo — o que me deixou perplexo — ao

baixar um Decreto, escrito nas paredes e esquinas: "As famílias que tivessem loucos, deviam ser nômades, até que esses membros estivessem curados. "Porque a loucura era o temor judicioso e molesto do Círculo. E eu via famílias se deslocarem para além das lindes da comunidade, estendendo tendas no deserto, sob causticante sol. O que perturba na espécie humana é a acomodação ao que é terrível, ou devastador. E não aceitei aquele sacrifício, aquela dor de mães e filhos que conduziam a mancha da loucura e que, ao tentarem se mover, cambaleavam nas areias. Confesso minha comiseração, leitores, e usei da palavra e curei alguns, antes que as circunstâncias os dizimassem.

Mas não entendia o pavor do Círculo com os loucos que nada somavam na roda da fortuna. Talvez pela ousadia do impossível, talvez por medo de não os dominarem, ou por conterem os regentes, sob escuras capas e véus, a mesma, abominável demência. Todavia, um só louco é capaz de produzir muitos loucos. Esse era o ponto de razão do Círculo. E se tal princípio de nomadismo tendia a durar uma ou outra geração, depois se extinguiria sozinho. Ou pelo generalizar da loucura, ou pelo término dela.

2.

Com sabedoria, o Círculo, preocupado com a forma como reputações eram postas abaixo, por maldade ou vilania, decretou, com avisos fixados em vários recantos: "Os que usam a língua, injustamente, contra o próximo, para extravasar a voz que arrastam por trás e na emboscada, devem ser desterrados."

E a primeira a sofrer essa punição foi uma mulher, Desidéria Moura, com sessenta anos, altura meã, morena, cabelos castanhos espessos, rosto azedo. Olhava de lado. Tinha a língua manca de não saber calar, lapidada em dizer mal. Falava do marido, Amarildo, que não a suportou; falava de Calvino, o vizinho do comércio que não lhe quis vender fiado; falava com tal malícia de Clementino, o farmacêutico que lhe dava emprego, difamando a honra de sua companheira, Amarilis, que isso tudo chegou aos ouvidos do Círculo. E ainda murmuravam que ele não tinha ouvidos, embora os tivesse pelo País inteiro. Desidéria fazia poções de remédios, e o que tocava sua língua era veneno que expelia do contaminado corpo, falava com tanta eloquência dos outros, que nada ficava sem transbordar pelo traseiro moral, que encobria com longo e virtuoso casaco.

Consta que morreu, resvalando na língua e batendo a cabeça contra uma pedra. A língua ficou muda e a pedra não. E faleceu, quando dois guardas a conduziam para o exílio. Antes de tomar o navio.

Soube que um dos regentes desejou cientificar-se de como os guardas permitiram esse acidente mortal. Um deles explicou que, ao andarem entre pedras, ela enrolou a língua debaixo de uma delas e não percebeu mais se a cabeça era a pedra, ou se a pedra era sua cabeça que estourou.

Tive a cautela de acolher a sombra de sua alma que rosnava e com a palavra pacifiquei. A alma titular subiu a bordo do barqueiro Caronte. O corpo foi enterrado no monte, com a língua para fora, que foi inchando, inchando como um sapato furado e velho.

Por prudência não entro mais fundo nesse assunto, já que outros foram ao degredo, por ordem do Círculo, que não parece dormir. Nietzsche famoso em Pontal, pela genialidade e pela demência, ao ser visto abraçando e beijando a cabeça de um burro, que por pouco escapou da sentença de ver-se nômade na terra, propalava que "não há fatos, só interpretações". O rol de jornalistas, críticos condenados por tentar derrubar reputações, para o próprio engrandecimento, foi numeroso, mas prefiro considerá-los inditosos, cúmplices de secular inveja e a morte ainda não os levedou. E o que interpreto é que o Círculo foi muito rigoroso com eles, já que, ao gastarem suas palavras, gastaram-se a si mesmos. E me convém esquecer os que se puseram contra meu tão supérfluo ofício de sombras, porque nada os aborrece mais.

3.

O Círculo (não o que eu traçava) alimentava a morte e a morte alimentava o Círculo. Mas curas imponderáveis, operações de maravilhas eram feitas em seu nome, desde que interviesse a palavra, mostrando vertiginosa contradição entre a vida e a morte.

Alguns mais antigos deixavam entrever saudade, ou nostalgia pelos prodígios que o Círculo antes aliciava. E saudade não envelhece. Outros, os práticos, preferiam ser o Círculo a severa administração do olímpico poder, que se coaduna com as necessidades e tradições do povo. E os militares ali se assemelhavam a compridos peixes, recobertos de escamas. E os patos selvagens que principiaram a desfilar no rio João Aragem não prestavam atenção alguma para soldados, soberania ou sistema. Mesmo no confuso estado das coisas daquele mundo.

4.

Norberto Fininho era um mágico, de pequenos feitos, com a pobreza a obrigá-lo a caçar pombos ou tico-ticos para sustento.E o que tirava da cartola, eram grilos, lagartixas e algum furtivo coelho. Pegou a função no circo de tratar cães e as mágicas, aos poucos, se desestruturaram. E a mágica que enferruja, deixou bem antes de ser mágica. Passando a fazer truques, geralmente à noite, onde todos os gatos são pardos e os bichos não identificáveis.

E sem querer, no desaprumo, puxou a corda do elefante que fora posto junto ao circo, perto do estrado onde atuava. E zás! O elefante se soltou e o primeiro a ser derrubado pelo paquiderme foi ele, o desastrado Norberto, e bateu as canelas na morte. Como podia batê-las nalguma estaca. Pois tudo nele se descalibrava, até a alma que teve dificuldade para subir, refazendo-se no corpo estrebuchado. Não havia como açular as mágicas, quando a morte é real e intransferível. Tomei a sombra de sua alma comigo e a misericórdia de alguns levou o defunto para debaixo de glicínias, para ensinar a ferrujosa mágica aos vermes. E Norberto nem reparou, sob a ruidosa lona da terra, quanto os governos e os circos carecem de elefantes para sobreviver.

5.

Cioran, o pensador do Círculo, diz que ser "moderno é remendar no incurável". E não se sabe se o incurável está em nós, ou na civilização que se arruína.

O moderno é incurável, por que a esperança é incurável? Remendam-se sonhos, remendam-se costumes, remendam-se boas ou más ações, remendam-se os erros e poucos aprendem como se morre. E não há que aprender muito para morrer? Ou fechamos os olhos e acaba tudo, de tanto que se acabou. Ou a urgência de matar, tira certo requinte da morte. Ou talvez a grande arte seja de matar o que já está morto.

Há uma escuridão que não é moderna. Alberga vivos e mortos e os confunde tantas vezes, como se pudessem acolher-se mutuamente, porque as calamidades não se vinculam, nem se comparam.

O que é incurável, além dos cataclismos, é a ausência da humanidade entre os racionais e a compaixão insondável dos bichos.

Relatava isso, quando vi Polidoro, o professor da escola, cair enfermo, mal podendo se locomover. Era câncer no intestino e queria persistir lecionando e nada. Partiu, não resistindo, desde que, por ordem do Círculo, lhe foram queimados os livros e desterrados todos os poetas ali aportados e que conhecia de memória.

Não entendi a razão de o Círculo se intrometer em algo que não produzia, ou podia ser um ato proibitivo de um dos regentes, por despeito ou inveja. Ou porque o finado mantinha fama de louco, desagradável ao sistema, por recitar e escrever poemas, coisas de reconhecida demência.

Preservei a sombra de sua alma intacta, num dos vasos mais delicados. E a verdadeira seguiu para o alto, integrando a hierarquia dos anjos e profetas. E ele que se preocupava em levar o céu, aonde pudesse pousar, agora de céu tinha a alma inteira.

6.

Sabendo-me dono de uma breve biblioteca e estando eu entre os leitores da comunidade, surgiu um cidadão, vestido com terno cinza, elegante, trazendo um propósito, risível para mim , catar os livros por serem danosos ao bem-comum. Nunca vi tanta sandice antes. Falava nos desígnios do Círculo. Perguntei-lhe se era emissário, disse que não. Era atitude pessoal dele, de cunho patriótico e humanista. Sorri de novo. Indaguei o que faria com os livros. Respondeu: — Queimá-los, livrando a civilização. Recordei a frase de um poeta alemão que alertava: "os que são capazes de queimar livros são capazes de queimar pessoas." E tais chamas são piores do que as traças, porque destroem todos os livros. E as traças, segundo alguém, apenas roem os livros ruins.

Olhei para o tal sujeito com um desdém que o desequilibrou. Adiantei que nenhuma civilização necessitava para subsistir, queimar livros. Ele tentou habilmente retrucar-me e nada conseguiu. Afirmei-lhe que o livro revela uma verdade que aos homens escapa; o porvir é inesperado, mas os livros não morrem. E tratei de despachá-lo de minha casa, com velocidade, certo de que a imbecilidade não tem pátria.

7.

"Ninguém é suficientemente inteligente para compreender a própria estupidez" — advertiu Van Box-Sel (encontrei numa velha enciclopédia). É o caso do cidadão que desejava queimar livros, que nem o nome me interessou. Ainda que alguns digam existir uma ideologia da estupidez. Essa vem desde a Inquisição e Torquemada. E é Paul Valéry que assegura: "Dentro de mim há um imbecil. Devo tirar partido dos erros que comete". Talvez o indivíduo que referi no item anterior, seja um dos defensores de que "o livro mata", cuidando de matá-lo antes. O que é mais incurável ainda. Pode-se, sim, matar a ignorância, ou matar o que nos mata.

Estou certo de que a imbecilidade é uma doença e habitamos entre seres que buscam o melhor da espécie. Não propugnamos para a eternidade "o céu das vacas", como uma camponesa que assim vislumbrava o paraíso, nem "o céu dos burros", como Francis Jammes. Mas o nosso tempo terrestre é limitado, ainda que, eu tendo a palavra, sobreviverei. Também por guardar montepios de alma.

Mas o que se sabe dos riscos de viver? Jamais me deparara com um ser igual a Mengálvio. Jovem, tinha apenas o lado direito do peito No lado esquerdo, faltavam braços, perna. Possuía um olho só, orelha, bochecha, meio-nariz, boca, meio-queixo e meia-testa. Andava arrastando-se, apoiado em muleta. Ferido em grave acidente de trator. Contorcia o sorriso e a cara em metade, semelhando-se ao "Visconde partido ao meio", de Calvino. E apesar dos empecilhos físicos, gostava de distribuir comida aos pobres, sabendo-se humano e meio-monstro. Tinha honra em servir e eu não compreendia como aquele ser resistia. Sem ganhar montepio algum de transportar o informe corpo. E teve sina curta. Tentou — pasmem! — apaziguar uma briga e um tiro o atingiu no lado direito e ali começou, ao menos na morte, a se tornar inteiro. Segurei sua sombra e possuía metade, mas tão ativa, deambulante, que se singularizava. Não se foi em metade a alma, mas certamente alma não tem metade.

Um dos regentes do Círculo exigiu que o sepultamento ocorresse em lugar glorioso no desfiladeiro. Dizem que uma roseira se alteou na terra em que o enterraram.

Mengálvio está morto, paciência! Gostava dele, porque amizade é amor que não se conjuga. E claro, ele faz falta e a gramática dos sinais é o amor. Seu corpo jaz debaixo do solo como harpa quebrada. Mas sua música é sombra de alma que vai comigo.

8.

"Não fique triste com o espelho, se o seu rosto é torto" — observou o russo Gogol. Porque o rosto muda o espelho. Mudei tantas vezes para o que não é espelho. E minha palavra também é espelho que não poupa ninguém.

Se sou depositário de sombras de almas, há outros que são apenas depositários de livros de autores de livros mortos, conservando nas letras roídas a memória dos símbolos humanos.

O meu espelho de palavra não falha. E cuido de evitar os chatos burocráticos e as demagógicas traças.

Os sonhos não tiram férias — confirmo. Como o meu cão. E é gentilmente protestante. Nem as sombras das almas tiram férias. Nem Deus.

9.

"Até os leões africanos inventam suas histórias" — dizem os fabulistas da África. E se eles inventam, o que não inventamos? Só saímos dos relatos ao sairmos de nós. E as teias dos hábitos, as teias de arcaicas tradições, as teias do suor, as teias das teias ficam tão fortes que são capazes de amarrar um leão. E deixo que as teias se firmem, como cestos. Invento como os leões.

10.

Odorico Valverde foi tratador de cavalos, linotipista, entregador, telheiro, perdeu num desastre de trem a esposa e filha; deprimido de habitar na casa despovoada dos que ele amava, soube que eu tinha uma boa palavra e me procurou. Servia aos mortos e agora serviria a um vivo. Odorico se odiava e não é modesto, nem sensato o que se odeia. Como a nuvem não diz o lugar que ocupa, eu era a nuvem de palavra. E Odorico, de sobrancelhas cerradas, imenso, tomou na mão a palavra e ela brilhava. Reparando, ali, que existir é bem mais amplo que o infortúnio. E sorriu. Tinha olhos grandes que falavam. Pôs a palavra nas costas como a um feixe de varas e se foi. Contaram-me que a tal palavra, entrando nele, floriu: achou nova mulher, prosperou. Enquanto possuía palavra, a morte ficara fora, de espreita, como sempre. Alguém me segredou não ter Odorico sequer me agradecido. Não carece. O que temos, é de todos. Sou todos, sendo um só. Convicto de que a palavra muda o tempo.

11.

Eu me continha de não ficar doído de tanto amor. Continuo me contendo. Passava debaixo do Arco-Íris, depois me atravessava o sol. Não termino de infância e aos poucos, vou pagando de alma. Só devo obediência a quem me sonha.

Ricardo Molinari, um dos doutrinadores do Círculo, nos indaga: — Quem nos salvará da sociedade? Talvez se refira ao humor com que devemos circundar as coisas, sem a tal seriedade imposta. E somos tão sérios, que perdemos a alegria e a alegria nos perde. Se nada nos salva da sociedade, quem nos salvará de nós mesmos?

CAPÍTULO NONO

1.

Meu caro pai, aqui com o cão e a sombra das almas, o que fiz do grandioso destino? E com teus óculos, pai, confiante estavas de ver melhor a morte. Dizias que ela não resistiria à tua inocência de ver. E resistiu. Mas não avancei nada, pai: tudo, aqui, é igual. Nunca te via falto do que dizer a quem quer que fosse, acerca de qualquer assunto. Eu me calo, porque não tem parágrafos na agonia. Tua morte, pai, bateu à porta e pediste que ela voltasse mais tarde, sem indiferença, descuidada, a ponto de deixá-la duvidosa de si mesma, mostrando ter graves crises de consciência. E, pai, te irritaste por ter ela descoberto o teu endereço. Mas não demonstrou pressa de levar-te. E ainda, pai, a convidaste a uma dança e ela se riu da proposta tão inusitada. Mas natureza da morte não muda, como natureza do lobo diante das ovelhas. Nada dura eternamente, apenas a palavra. E que estranha criatura é o homem!

2.

Da fortuna que me coube de meu pai, restou-me seu cachimbo, o que não permite metafísica. E é um cachimbo parcimonioso, para não dizer opulento, que conservo sobre a mesa e se revela cabisbaixo, faltoso do sono, com saudade da fumaça.

Mas a fortuna mesmo que me legou é a resistência e o enxame de palavras que me escolta. Sua vida me gerou e a semente cresceu para o impossível. Tenho muita vida para esquecer. E por certo retardamento do inconsciente no consciente me acho um pouco idiota, outras vezes ridículo, porque me entusiasmo com a flor do orvalho na relva. E se caio na risada, sei que sou um idiota do abismo e tão mais ainda corro o risco de me lerem apenas no futuro.

3.

Sobre a Caverna , este buraco no cosmos, que se vincula ao nascimento e à morte, um tal de Ramón Alaúde defendeu-a num tratado sobre a contingência humana, chamando-a de "Antro Cobiçoso", que para ele era a própria existência. Ou advém da busca que temos de nossas próprias imagens da infância, catalogadas todas na parede da Caverna, entre mitos e sonhos.

Estamos ligados à Caverna, como estamos mergulhados de infância. E é de acontecer as coisas que menos se espera, por se renovarem as infâncias.

4.

Falei que me desconfio idiota algumas vezes. Jean Genet, para Sartre, é o "idiota da família", que não foi menos idiota ao escrever "O Ser e o Nada", provocando o encontro entre marxismo e existencialismo, ao propagar uma liberdade que não muda nada, apesar de seu genial raciocínio. E não carece de nenhum velame de razão. Viver já é razão suficiente e somos idiotas em argumentar o que não é necessário, ou em perder dias da existência, quando flutuamos nela como navios entre geleiras.

Não é idiotia do grande Walter Benjamin, ao trabalhar num projeto de máquina risonha, capaz de detectar qualquer livro que seja cansativo. Criou um aparelho de forma cilíndrica e uma lente redonda faria a verificação. O único alcance: a ambição.

Eu mesmo estou inventando um projeto para constatar o que sobra das almas nas sombras. Como uma espécie de eletrocardiograma de luz e treva, que engendrei através de um aparelho desgastado. Encontrei-o entre objetos inúteis do pequeno hospital no começo da comunidade. Fiz arranjos de metais e lâmpada embalado pela curiosidade. Só não me dei conta de que o profano não se comunica com o sagrado. E ao pôr o instrumento de sondagem de alma numa tomada, explodiu. Ainda bem que não chamuscou nenhuma sombra, mas a mão direita deste que vos relata. A idiotia não tem cura, nem a cumplicidade geral. E as sombras são retratos imaginários e documentados de almas. São beneméritos os que arriscaram alguma coisa, ou a sanidade, ou a vida, ou nada, para tentarem transformar as coisas. E nossa história não é uma fábula, mas restauração da realidade. É por isso que até o impossível nos sucede.

5.

Minha família é de Lualva, ou quando vem o cão "Arauto" e as sombras do sótão. A vida é infinita, se a abraçarmos. Minha saudade é árvore na infância. Careço de Deus, careço da terra branca das estrelas. Acredito, mesmo que outros não acreditem. Acredito de palavra. Ave do oceano, não morrerei a morte de ninguém e a morte nem repara que também morre. Estou triste porque ainda não desfiz todas as pegadas no deserto. E alguém me reconhecerá.

6.

Disse-me um burocrata do direito que eu não era acadêmico. E, aqui, neste Pontal de Orvalho, existem alguns burocratas, infelizmente, até "eminência parda", que, de tão sutil, desapareceu nos contornos do poder e de quem nunca mais se ouviu falar, que parecia não se confundir com enigmático conselheiro enaltecido e muito escutado por um dos regentes. Portanto, existe de tudo, mesmo fantasmas, ou beneméritos ou seres perigosos.

Minha resposta ao mencionado burocrata foi e continua: — É preciso não ser acadêmico, para começar a ser acadêmico! Não foi Machado quem ensinou a suportar a cólica do próximo? E Machado é um dos mitos assinalados nos arcanos da comunidade.

Mas algo me desatinou: o acidente com um jovem de motocicleta que se chocou num carro na contramão, com peito e pescoço rompidos. Seu nome: Júnior e o futuro por fazer. Enquanto continuam vivos estes hostis burocratas do nada.

Recordo a lição de Ho Chi Minh. Ao sair do cárcere, perguntaram-lhe como conseguiu escrever versos tão ternos na prisão, que era desumana, respondeu:

— Eu desvalorizei as paredes. Essas paredes de gratuitos inimigos, eu as desvalorizei! Moro nas palavras.

7.

Felipe Olivieri, esforçado teórico, alegou que o tempo é igual a um disco que toca ao infinito. Outros dizem que o tempo é o Círculo girando sem fim.

A loucura está encerrada numa garrafa sem rolha e pode saltar para fora. E o tempo pode ser uma loucura, não a história. Rolha é a palavra, faz cessar a demência. E o tempo são meras letras que caem nos ouvidos, para que a luz não pare de fluir. E se o tempo não é um alfabeto, é gota de água que tomba do telhado do mundo, implacavelmente.

8.

Mal se aguentando de uma bebedeira, Simão Soares era tabelião e buscou o psicólogo por causa das estranhezas de quando bebia. Queria ser tanta coisa, toureiro, violinista, quase deu na cova ao nadar o rio João Aragem, como se fosse atleta e não é que afundou e não sabia nadar e peixinhos vieram-lhe à boca e o rio o atirou na margem, não o querendo levar. — Ora, você tem que deixar de beber — aconselhou o psicólogo. Mas o tabelião Simão, acostumado a reconhecer tantas firmas, não concordou, certo de que o rio de novo o pouparia. E se embriagou e a cachaça cheirava de longe. E a cachaça é a morte. Jogou-se no rio: as águas o engoliram. Aparecendo defunto e inchado junto a uma pedra. Avisado, peguei a tempo a sombra da alma escondida no fundo da garrafa e a outra foi nadando pelas nuvens, ébria ainda. Foi enterrado entre mariposas, debaixo de um cipreste. Dizem que nenhum pássaro mais quis cantar ali.

9.

Cortázar diz que num povoado da Escócia vendem livros com página em branco. E se o leitor desemboca nessa página, ao dar as três horas da tarde, morre. Não podia ser às cinco ou seis horas? Mas a pena é implacável. E se em qualquer sítio do mundo o livro tiver páginas brancas e nele se esconder um escorpião, poderá matar o leitor e não precisará ter hora marcada. Ou o livro poderá estar envenenado e não haverá momento exato de usufruir, leitor, o elixir da outra vida. Digo isso porque nos sujeitamos a tantos avatares, que a virtude, ou o malefício, é um vírus redondo, temulento. E nada nos segura o pranto.

10.

Citei que meu cão "Arauto" é protestante. E se converteu, mais do que alguns humanos, à doutrina de Lutero. Mas não pensou em sofrer objeções de companheiros cães na vizinhança. Ousando defender o primado da graça sobre a lei. Numa comunidade em que a constituição protege a liberdade de consciência e de culto, jamais o cão julgou que fosse perseguido por alguns cachorros inquiridores e burocratas. E não foi fácil liberar-se das pressões dogmáticas. Só não perdeu o espaço de cão, graças a mim, seu dono. Nem foi queimado em possível Inquisição, ou à fogueira, porque é mérito do Círculo a manutenção da liberdade de pensamento, entre cães e homens. E desde quando, leitores, os cães também não estão livres de se manifestar? O realismo nos faz refratários ao sobrenatural, mas é o sobrenatural que nos liberta do decadente realismo. E quem nunca se meteu de religião, afastando qualquer paixão cívica, nem tendo cão com credo imutável, foi o corneteiro Atagiba. Faleceu espetado numa perna de carneiro e corneteou a morte na gula auriverde. Atagiba gostava de fazer amor com a inconsolável viúva Anastácia, fardado, com a corneta da polícia. Batia continência e se atirava aos toques de avançar. E a corneta funcionava como acorde de volúpia. Até o sono providencioso. Como se o céu viesse abaixo. E se foi de alma fardada, sem corneta. Porque essa foi enterrada com o corpo no cimo do monte. Talvez porque a morte ainda toque corneta para a gozosa fundura da terra.

E a sombra daquela alma, solícita, ordeira, ocupou a planura do vaso, como se me contemplasse sentada em cima da tampa. Com o receio de que alguém a visse. E quem, senão eu?

11.

Nazan, rico, com gorda herança paterna, comia ou bebia o que desejava. E queria viver eternamente. E tinha palavras.

Depois de cem anos, não era o mesmo, crescera de tamanho. E depois foi crescendo mais, até que encolheu. Diferente de mim, descuidou-se de manter palavras e as esgotou. Foi diminuindo tanto, que ficou igual a uma semente. Apenas recolhi a sombra, que a alma da semente subiu ao alto. E a semente enterrada deu cria de uma árvore. Logo cercada de pássaros.

CAPÍTULO DÉCIMO

1.

A civilização não sabe o que fazer consigo mesma. Vai do hedonismo à morte e da morte, ao nada. Cambaleante.

Algo em mim estava roto e não tinha ideia de quê. Talvez o cansaço, a pungência das coisas de darem voltas do começo ao fim e do fim ao princípio. Ou uma consciência que aumentara na lente das circunstâncias. A casa era pequena, o mundo era pequeno e o mistério das sombras de almas me doía como enfermidade. Mas do quê? Se elas estavam lá e eu, aqui?

O meu cachorro começou a se exprimir claramente em linguagem humana. Seu sotaque era turvo, agora está límpido como se a fala fosse água. E me dei conta de que tudo tinha palavra, até o que parecia jamais ter.

Consta que uma ave que se assemelhava à ave do paraíso pronunciou palavras numa língua nova, que os investigadores tiveram que verificar ditongos, vogais e não chegaram a descobrir mais nada. E é possível que meu cão, tão inspirado, se ponha a escrever como fidalgo dessa grei desconhecida. E o cão também saberá escrever esta minha penúria. E passarei a meditar no que meu cão escreveu. E este nariz que respira tão fundo está com uma ferida que é igual a um pintassilgo na ponta. E é ali que se atêm todas as filosofias, porque mais se mete o nariz nos velhos assuntos do mundo, do que se pensa. Vigorando o princípio de "primeiro viver, depois filosofar".

2.

O cavalo que está em mim se acordou, mas onde cavalgarei, se não há prados e montanhas? Salvo se o cavalo de dentro saltar para fora. Sacudindo crina e cabeleira.

Quantas vezes me veio a vontade de ter no pampa vindo à luz como cavalo. Sem abdicar do homem, assumir o animal, com a boca verdejante nas patas.

Após, veio-me a ideia de que as sombras das almas nos vasos podiam ser traduzíveis. Pois tudo no universo busca a inadiável tradução. E a noite é uma lagartixa que com o olho solto vê.

3.

Ninguém compreende a morte e seu absurdo e sua ignomínia, só Deus. Nunca entenderemos, enquanto formos vivos. E a profundidade da morte, apenas a morte sabe. Um buraco no cosmos.

Mas sempre fui feroz de ir levando a vida, de ir levando a morte e se assustar de amor. Nada me limita de alma. E resolvi voar, porque posso e não careço de peso, careço de amplidão. Ou a beatitude de o chão não me conter. O divino não é curto, nem medível como o curso terrestre.

Só não morro de essência por causa da palavra. Nem me cabe designar cada monte, cada estrela. Nem chegarei antes de brotar com a palavra. Sou atirado como pedra num arco que não volta. E se não voltou, ficarei entre cometas e astros. Porque começo a perder a noção terrena, começo a ser outro em mim. Não como o deserto, como a luz.

4.

Peguei dicionários, os mais arcaicos, juntei enciclopédias, alinhei livros que me traduzissem o logaritmo das sombras. Porque amar é o início do conhecimento. Há uma telepatia entre as sombras e as coisas. A coisa na sombra, a transmutação possível. Ou a primavera que sobreveem da sombra. Abrir é nascer. Por que não consigo civilizar tal nascimento de amor?

A loucura é o princípio da piedade. A erva da piedade com tantos pássaros. E quero que ensinem cada vez mais a ser semente. Quero que a semente me absorva.

Dei trato ao empenho de traduzir as sombras das almas e elas, de início, me assustaram, como animais surpreendidos. Falei a palavra e as acalmou. Como se viesse depois da tempestade. Acalmei, uma a uma. Tinham confiança e sabiam que lhes desejava o melhor. Virei cada uma sobre a mesa do sótão e na claridade as examinei. Vi o que antes não supunha. Todas elas eram como pergaminhos com escrita cifrada. Letras se mesclavam porfiosas e não conseguia ler nada. Tomei os dicionários de inúmeras línguas e nenhuma delas jazia ali. O que deixou perplexo. Como se tivessem uma escrita que não era terrestre.

Não dormi aquela noite e busquei sinal nalgum prudente sonho. Era como se naus navegassem no mar alto e não achassem porto. Alarmei-me e intuí de usar um espelho, como no livro de Lewis Carroll, para que a tradução ocorresse através do avesso. Foi esse enigma. Com os espelhos as letras me pareciam mais obscuras ainda, com riscos que acentuavam as letras. Suspendi a empreitada, à espera do acaso ou de um remoto discernimento. Pois se não eram idiomas conhecidos, se não se podiam ler pelo avesso, mais ainda cintilavam as letras, como se tivessem olhos. Ou elas me liam, sem que pudesse lê-las. Tocado pelo terror da matéria viva.

Consultei nova noite e observei pelo vão do sótão que as letras luziam com o brilho das estrelas, tal se conversassem ou houvesse um código absconso entre elas. Sendo obrigado a reconhecer que aquela matéria de sombras gravitava. Tinha que saber o que a sombra das almas oculta, mesmo que se recusassem a revelar. Não podia deixar que se extraviasse tal sortilégio, que tendia a não ser terrestre.

Como não existe uma folha igual à outra, nenhuma das letras eram iguais às outras. Do que deduzo que o que está escrito em cada uma das sombras das almas é diferente, ainda que a língua possa ser a mesma. Outro dado é o de que as letras eram vivas e aquela vida estava me espreitando. Em tudo percebi que as sombras eram seres que necessitavam — não sei como — de se comunicar. Pus uma sombra ao lado de outra e as letras se moviam como se interpenetrassem, relatando — o que intuí — o próprio destino. Mas cheguei à conclusão final de que eram intraduzíveis, como afirmam certos críticos, que a poesia é intraduzível. Não sendo Champollion, nem possuindo a tal pedra roseta, com o sistema de signos, resolvi esperar e ver o que sucedia no contacto ao ar livre dessas sombras com o firmamento. O que não conseguimos decifrar, que estas coisas se decifrem por si. Ou que a imaginação amplie a realidade. E foi mais uma noite que não dormi. Estendi as sombras todas sobre a mesa e o ar, tal pergaminhos da noite. Antes, porém, coloquei as sombras das almas no rio João Aragem e as lavei, purificando. Ao repô-las na mesa, as sombras estavam limpas, rutilantes. E algo sucedeu: as estrelas no céu foram aumentando de tamanho. Eu vi. Como se descessem. E as sombras das almas cresciam, reluzindo nas letras.

E com velocidade, as estrelas puxaram as sombras que subiam e as letras mais iluminavam. E passaram a voar ao encontro das estrelas.

Não me competia entender o que elas traziam, bastou-me saber que voltaram para as altas esferas, reunindo-se como servas na corte de suas damas.

O amor não precisa entendê-las, mesmo que haja sortilégio nisso. Alegro-me de havê-las mantido, achando agora sua verdadeira natureza. O que é vivo não nos engole.

5.

Disse a palavra e acabou, acabará. E tudo em torno parou, até as estrelas. E foi. O tempo não resiste ao tempo. Meu ofício terminara. E não havia sequer provado a maçã, como Eva no paraíso. Nem a magra pera. Mas precisava ainda de palavras para viver. Precisava viver. E o vivido não perdoa e se antecipa.

6.

Fiquei sem ofício, mas não sem palavra. E me deu contentamento o encontro das sombras com suas almas. Até o cão "Arauto" achou justo e era de bom caráter, escrevinhador nas horas vagas, com traço perfeccionista. Descobriu que o estilo é o que vem da fuga do estilo.

Mas como ficou minha relação com o Círculo? E a Caverna continua o coração pulsante da comunidade?

Ora, leitores, as mudanças no poder são provisórias, como se apenas mudasse a casca, não a pele, nem a alma.

E o que assume como reformador, não reforma nada. Levanta o pó que não havia antes, proclama, incita e partilha dos mesmos desajustes que pretendia eliminar.

Mas eu sentia que um peso me fora tirado e me aprofundava na ciência da palavra.

Tinha o convívio absorvente de "Arauto", o cão, que não deixava sozinho, a amizade do rio, a horta que dava alimento com fartura. E o acréscimo do amor de meu povo. Nada me faltava.

Voava para ativar a esperança, levando o céu para aonde quero.

O que não relatei, leitores, foi de como ganhei o dom de voar. No ovo em que fui parido, por dentro dos ombros, formaram-se asas. Podiam ser apenas impulsionadas de fora para dentro, com vontade da palavra. O que leva a um processo próximo ao da levitação. Ninguém via as asas que inflavam o corpo de energia interior e empurravam para o êxtase no ar. Era quando ardia o coração diferente, batido em fogo. Então ou me continha no pudor e adiava para quando estivesse só no ato de voar. Mais não tenho que explicar. Basta que eu voe.

Mas não divulgo, mais do que devo, esta condição de estar vivo, para que me deixem quieto, como um leão velho na toca. Não tentem me desafiar com vara curta ou longa. Não abandonei a natureza de leão. E o que é vivo devora.

7.

Tomei conhecimento, ontem, de que o misterioso Conselheiro de um dos regentes do Círculo resvalou na Caverna, apesar da bengala, e caiu, trôpego, num lar de ratos. Era noite e nem os ratos sabiam o que fazer dele, de tão ladino, viciado em saquear direitos alheios. Bateu com as costeletas de cantor de tango argentino nas pedras. E nem elas, coitadas, piedosas, souberam como agir.

Contaram-me que a vasta cabeleira se prendeu nas urtigas e as pernas se enrolaram e os ratos investiram sobre ele: caíra no centro dos rabos e dentes da ratazana. O que não se pensava que a Caverna tão ilustre os escondesse. E entraram pela boca da vítima, por terem preferência pela desenvoltura e audácia de dizer, mais ainda por língua sussurrante. Chorava, atormentado: ninguém o escutou e nem viu de manhã. Menos o ouvia ainda o regente que apreciava seus murmurosos conselhos. Talvez estivesse nos arcanos da Caverna, auscultando as imagens sonâmbulas que advinham do tempo de Platão. E ali jazia um ser dissimulado, evitando ser visto, que uns chamavam de Cláudio, ou Lupus, ou Sidéreo, virtuose de conspirações, que foi democraticamente conspirado na devoração dos ratos. E por ocultar a identidade, os ratos roeram os nós, rastro dos apelidos e até o nome, entre as pedras. Dele ficou a carcaça e a alma teria saído pesadamente, retardando-se por causa dos óculos. O finado tinha a posição de quem ainda quisesse, transando, desativar a morte, pois quem a possuísse, amante, talvez tivesse o seu comiserado indulto de esquecimento, o que se mostrou inútil, por expirar bem antes. Ou apenas tentou dormir na calmaria sensual dessa impudente dama. Mas ela é abstêmia, desarvorada, irritável. E foi vista por alguém, esvoaçando, transformada em coruja, com duas flores nos olhos.

Um dos regentes, não resignado com a perda do dito Conselheiro, culpou as pedras pelo infausto evento e mandou os soldados, covardemente, baterem nas pedras com açoites. Depois se deu conta de que as pedras não erraram. Deveriam elas sair do caminho diante da estupidez humana?

Como as sombras das almas haviam deixado a instância terrena, não ia eu mais me dedicar a tal desígnio. O corpo foi enterrado no desfiladeiro e a sombra de sua alma restou exposta sobre uma rocha, em lugar incerto e sabido apenas pelos secretos regentes. E era espichada e sombria, igual a um tapete feito de pele de tigre. Tive pena, apesar de ter sido figura abominável e na noite seguinte descobri o sítio secreto e determinei com a palavra o seu voo ao firmamento, para o encontro entre a sombra suplente e a alma titular, aptas agora ao doutorado, com diploma, no Estígio.

Os regentes se perturbaram e quiseram descobrir o autor da façanha (ainda bem que se esqueceram de mim!) e nada deu em nada.

8.

Perdoem-me, leitores, estou cada vez mais certo de que o que é vivo devora. E me apresto de cuidar também para não devorar a mim mesmo. As ervas silvestres não se enraízam mais nas profundezas, mas sorvem o orvalho, mesmo maltratadas até o apodrecimento. Absorver orvalho é absorver toda a geração da terra e das sementes. E seguro um punhado de ervas como testemunho de que passaram e virão. Se indagarem o nome dessas ervas, ignoro. A ciência das coisas sabe mais na aparência que na fundura. Quando seguro estas ervas silvestres, fulguram e me basta. Ninguém achará na esperança sentido diferente do desespero.

9.

Os olhos de meu cão se agrandam e me fixam. Eu estou dentro dos olhos velhos de meu cão, entre a razão animal e o fato e ambos se confundem.

Nos olhos do cão me senti diante do rio João Aragem. E o rio também tem os olhos do meu cão. O rio é outro cão que caminha, obediente, para a foz. O que sei dos animais? Sabem bem mais de nós. Não é o cão que late, sou eu, ele move a cauda e eu vou atrás dos peixes. Seus olhos crescem nos meus, como a lua nos escuros. Não quero saber da morte, esta pantera (ou parteira do desequilíbrio). Dou palavra e ela se sacia, como os anéis grilantes e o despojo de cobra na relva.

Os olhos de meu cão "Arauto" se defrontam com os da pantera e ela recua. Sabe que tenho palavra e se amedronta. Dá-me ganas, ferocidade estranha de morder, digerir a pantera pela cabeça, hipnotizada de palavra. Chego a mordê-la e ela grita. E os olhos de meu cão denunciam o terror. Sou um bárbaro e não sabia. Detesto ter que tolerar meu lado de besta e os altos princípios, onde se aninham?

Os grandes olhos de meu cão se parecem com os de minha alma. E me vem o sussurro de voar e me elevo e não há olhos que me sigam. Sou espírito na espessa luz.Vou-me polindo de Deus, polindo. Livre, cheio de vento. Sim, sou de vento — saibam todos! Sou de vento em vento e quem me agarra? Dou cambalhotas como garoto no ar que não tem musgo. Sou encantado de Deus. E Deus não tem quota, nem capital. Deus não se gasta.

A quem não sabe, nem percebeu enquanto vivo entre todos, sou de vento, sempre residi nele. Quanto mais palavra me encobre, mais vento me torno.

Meu pai e minha mãe, quando era guri, chamavam-me de "vento", porque eu apostava corrida com ele. Depois me filiou e nossa intimidade é mais do que matemática pura. É da luz, onde não se carece de números. E as árvores continuavam as peripécias. E que bochecha imensa, que bufa e bufa, a do temporal. Ó gentes, ó costumes! Às vezes a eternidade rasteja com dificuldade, acostumada a andar a cavalo e é capaz de dormir no tronco de uma árvore. E a tomo pela mão e desliza comigo. Sim, o que é vivo, devora. E eu tinha que existir para nadar com eternidade. Naquela hora, estava sem descuido ou medo de existir. Na demasia é que alma entende tudo. Na míngua, ignora.

10.

Risquei o chão e desenhei o Círculo, vendo sua possível reação. E botei a palavra dentro, como num ninho, o pássaro. Não é que reboou o céu e a terra. E eu não repetia um conto a outro, repetia o Círculo e me ouviu. Girou e o tempo foi parando, até a palavra se cumprir. E se cumpria para uma época nova, sem a tirania dos anos seguintes, todos eles engaiolados, com seus enigmáticos trajes. Um deles se mostrava tão idoso, que adormeceu. O outro se desvestiu, atirou para fora das grades as roupas rituais e ficou nu, nu também de alma.

Vi que naquele universo a palavra se apoderava da vida e da morte. E como vivi tanto, não preciso entender mais coisa alguma, deixo que as coisas me entendam.

Determinei a palavra de soltura dos regentes e resvalaram nas pedras e as pedras neles.

Fiz outro risco no solo e o sol caía em cima e era tal um fósforo riscado no impossível e ordenei de palavra que se exercesse a força da liberdade, a força da palavra assoprada em liberdade que se acendeu.

E o meu cão latiu de um lado. Era como se de outro lado

do mundo e muitos cães latiram juntos, uivavam e a noite rodou como uma grande pedra e se ouviu rugir do rio e distante, além do monte, o Oceano. Foi quando agarrei uma pedra, era pesada, exaustiva. E gaivotas voavam ali, andorinhas e folhas de árvores, que, ventando, queriam voar juntos. — Não há impossível! — bradei. E veio o eco com boca enorme e o desfiladeiro. Até a Caverna grunhiu como animal acossado. Viver é não retroceder no vivido. Nem nos calcanhares do amanhecer. E é de cabeça para cima que se vê os astros. Porque o espírito tem coceira de Deus. E a única saudade é a que não encanece.

Peguei — repito — a dura, penosa pedra na mão e a apertei como se aperta uma estrela. Apertei muito a minha mão sangrou e eu não saíra nunca da infância, por isso não temia. E o que se sabe do coração é ter infância ainda.

E corvos quiseram combater o revolver do universo e nada logravam, por estarem cativos nas asas com água morta e bateram, pretos, desolados em retirada e já voando mortos. Mas não enguiçara o céu.

Sim, estava com a pedra firmada na mão e coloquei palavra na pedra, que virou flor em torno.

E gritei o universo todo na minha mão, gritei palavra de amor, quando quis morrer junto, gritei de novo palavra e risquei o Círculo, determinando curar de morte o mundo. E vi a cara da morte rodar, até cair sem sentidos e sem juízo entre as pedras.

Era como não se morria mais. Porque a palavra cessa o tempo. E viver não se relata, se sofre. Porque é loucura a morte e não quero mais loucura perto de mim, salvo a de inventar tanto, até não poder inventar mais nada. Não me escondo nunca de minha alma. E se ela anda atrás de mim, não me descuido.

11.

Eu atirei a pedra. No primeiro instante, achei que a jogara perto dos meus pés. Porque pesava e a força só era da palavra.

Mas tomei choque quando a vi subir, como uma gaivota não voa, veloz, veloz subindo. E uma onda do longínquo Oceano se levantou mas eu me sentia no rio da infância.

Eram vagas de mar cobiçoso de avançar e ser a pedra, toda ela. Difícil descrever quanto não só nos curamos da morte, como se romperam os limites daquele mundo do Círculo.

Quando o mar avançou, foi a terra recuando, como se outra barriga de mãe nos entranhasse. E soube que o próprio Círculo, para sobreviver, foi levado em navio para a outra margem do Oceano.

A Caverna afundou, cega de dois olhos, avariada de imagens, descendo, descendo, com escusa ratazana, descendo como uma pedra enorme jogada ao ermo do abismo. E a água tapou a Caverna e os pássaros viram de cima e adeus passarinhos, adeus rosnar dos mitos.

Ninguém há de escrever esta história, nem outra semelhante nas asas do Oceano. Se os acertos da razão são ofuscados pela ignorância, a história, aqui, é a presunção de que a razão dos pássaros se sobrepõe à dos homens.

E onde a palavra se impõe, declina a razão. E onde o sobrenatural se entremostra, cada vez mais entramos e saímos na palavra. Até rebentar de novo a semente, as plantas, flores, árvores, montanhas. Nem importa o que poderia ter sido a história, mas do que sucede e sucederá.

E não vou explicar, leitores, o que efetuou o instante, por haver lume de sol dentro dele.

E constituiu-se um governo sem misteriosos regentes. O Círculo não era mais o anterior, no exílio, mas outro, e dirigia, estando um dos seus eixos, o lado soberano na têmpora de Deus.

O Exército se reorganizou a favor do povo, porque os soldados tinham a cara do povo. Ajudaram os agricultores no amanho do solo e na colheita. E todos partilhavam dos cereais no celeiro. E como a morte cessou, cessaram os enterros.

Mas por vigor de palavra as almas não precisavam de sombras. Elas se adonaram dos corpos que se fizeram mais dóceis, aplicados.

As almas tinham palavra e portanto não se escondiam mais nos arrabaldes do corpo. E eram tão belas, que não tinham porque se ocultar para o fascínio do universo. Ao bom entendedor disso tudo, não cabia explicar. E a paz não tinha medo de si mesma. E não assumi função mais nenhuma. Ainda que a palavra não me aposentasse. O cosmos não me concede trabalho algum e os olhos de meu cão amadureceram e não cansam de cuidar-me. Não sei o que pode me acontecer de haver envergonhado a morte.

Nem me importa. Os sonhos que navegam são mais claros. Talvez eu não seja um ser humano e não passe de um sonho. Mas isso é entre mim e Deus.

12.

"Nada se sabe", diz Fernando Pessoa, "tudo se imagina". Mas vivi mais do que imaginei, até imaginar mais do que vivi. Como admitir que a vida toda é apenas imaginação. Às vezes uma imaginação que endoidou e volta à cura sonhando.

Falei com meu canário quando existia e não quis mais discutir comigo. Falei com meu cão e minha fala era igual à dele, ao latir o latim de meu livro de colégio, como se houvesse rosto de infância nele. Mas a infância não tem pegadas e é sozinha. Falei com vivos, como se falasse com mortos, porque alguns já haviam transitado a fronteira.

Enfrentei o sistema e vi que se desplumava como paina. E acredito no que fica sendo de palavra, por se tornar mutável como o balir da brisa.

Ao contemplar a vasta terra que foi gerada e o rio João Aragem, com a perna de Deus e o Marechal-Mar, vislumbrei um bando de andorinhas me seguindo, como se fosse "Arauto", o cão, e me seguiam para talvez avistar comigo o mundo que rodava, como um dia a pedra rodou na minha mão. Ser humano é pegar a luz devagar, para que se encha o céu. Ou dar as costas para a morte, vendo-a ineficaz, surda e acabada. E a terra esticada como uma corda. Mas vou pacientemente reparar como a semente brota.

E passei a anotar sobre o que via com uma chama de palavra sem fuligem. E me perguntava, como todos aqueles anos o povo aceitava imposições e os desastres sem nada mover, nem uma palha. Como tanto tempo transcorreu, sem que ninguém visse as interminências da Caverna, apenas eu, balbuciante de sombras, tive que frisar que o que estava proibido não estava, era invenção incauta do poder e as portas da justiça se achavam abertas, só que alguém, provavelmente anônimo, disse que não. Deve ter sido algum porteiro, com peliça e barba negra, agora demitido "ad semper".

E nem conhecia o tal porteiro, conhecia as pulgas na gola de peliça e as leis eram as pulgas, capazes de molestarem qualquer boa consciência. E não podia crer que a porta aberta estava destinada a mim. Como soldado velho não dou guarda, entro. E tiro os suspensórios do vento para não atrapalhar. O poeta Fernando Pessoa, preservado na memória do povo, sustenta que "nenhum sonho acaba". E sendo eu sonho de palavra não acabo.

E fui indagado por um vizinho ranzinza, resmungante, o Zé Porfírio, que coisas novas aconteciam, mas que lhe deu um rasgo no sono e não dormia nunca.

— Por que não?

— Porque não me canso nunca.
— Não te cansas?
— Enlouqueci e não me canso.
— Os loucos não ficam cansados?
— Como é que os loucos podem ficar cansados?
É kafkiano isso e o que não é?

Não, nenhum sonho acaba. As leis podem ser muito antigas, tendo algumas perdido o fato gerador. E no rigor das interpretações, tornam-se limitadoras da liberdade. Mas não há nenhuma lei que valha a liberdade.

Recordo a casa de meu pai, com os objetos frios e eu nada representava para eles. E se ali penetram, hoje, seria possível intruso. Ou então continuo a subir as escadas, até dar na infância.

13.

Sentado na margem do rio João Aragem que cresceu. E às vezes caminha comigo, por ter coisas de rio no meu andar humano. E se vemos além de certo ponto, o retorno se fecha. Como elástico se rompe. Ou tal maçã, cujo esconderijo é o caroço: atiro fora.

O espírito é indestrutível e não é caroço que não serve para nada. E atiro fora. E sou o que permaneceu quando nenhuma voz humana me consolava. Permaneci porque a palavra podia chegar lá. Não desisti, apesar dos ruídos. Isso me fortalece.

Não deixo espólio, porque nada amealhei. E os espólios são campos de batalha. Mesmo que ninguém, ou quase ninguém, tivesse dado falta de mim, eis-me aqui! O que se inventa não se devora. Está dentro de Deus.

14.

E tomei palavra. E risquei o Círculo no Círculo sobre a femeza do chão. Escrevi e chamei o Círculo na luz e um trovão caiu como um passarinho. Tomei palavra e disse ao Círculo para sair de si para o mundo.

Ó Círculo, para de girar em torno de ti, gira para nós, gira para juntos chegarmos às estrelas!

15.

Meu cão começou a escrever no chão com as patas e eu entendi. As letras cresciam como árvores crescem. Talvez meu cão purifique o dialeto da tribo. Talvez eu seja a tribo do meu cão. Ou todas as tribos precisam de um cão que garatuje com as patas o mundo. E como uma maçã no amanhecer, lá fora o passarinho canta — não fora — dentro da flor.

E a bondade que existe não está na matéria, mas no espírito.

O cão começou a me clarear com suas pupilas e me clareou e fiquei com a cor dos grandes olhos do cão. E ser feliz é se desinventar até as estrelas.

Principiei a sentir falta das sombras das almas. Mas se foram. E a sombra, ao gerar outra sombra, não pode passar sem ela. Ao se aplacar com a luz, tenta invadir os vivos de coisas mortas.

Cada alma era um sino e eu não passava de um fabricante de sinos. Mas são sinos que não terminam, porque jamais somos terminados, salvo na eternidade. Morremos de viver.

16.

Morei anos mais no sótão do que no resto da casa. E vinham heras nas janelas, mas nenhuma me alcançou a alma.

Deixei o Círculo e seu mecanismo, tendo aprendido a respeitá-lo. Conheci o êxtase e não fugi da humanidade.

Outros correm para o fim, eu corro para a palavra. Não nego o fascínio do poço, que é da alma pelo corpo. Pois há de ter a levidade da água e o corpo é fundura. O balde é que liga alma e corpo, poço e água. O mais é demasia de não caber sozinho nas palavras. O que afoga, pode ser o que ressuscita.

E não deixo de vagar pela horta, com novo vegetal, o repolho. E pergunto às gaivotas que gritam pelas areias e pousam rentes ao Oceano, o que será de nós todos se não voltarmos para casa, integrantes da família humana.

Sou simples, gerundial de amor, talvez antigo, cioso de ancestrais, admito que amo a nossa espécie.

Meu alfabeto é dos vivos, com lamento de intolerável felicidade. E os mortos que "enterrem os mortos".

Às vezes ando pelo quarto em redor da cama, ao longo das paredes úmidas. E, como folha, o melhor lugar para mim é junto às árvores. E me lembro de Lualva que não veio. E choro por ter perdido a cor do mar. Como é difícil no arfar do amor voltar das profundezas. E nunca perdi por acontecer. E as palavras me sorvem e sei que a morte não se cala nunca, não se cala por insistir de morrer. E as sombras não são flores. E vivo porque não estou mais sozinho.

17.

Apareceu um profeta: Malaquias Aral, vivia de favos de mel e peixes. Sua roupa era rústica, feita de sacos de aniagem. Usava sandálias. De pobreza assumida. Falava com sinais, ou com silêncio. Malaquias quando vaticinava, dizia coisas de vitória ou de ruína. Todos o respeitavam. Andava com um cajado, que o firmava ao chão. Era magro, fino de rosto e o corpo muito leve. Parecia guardar o céu. Decifrava coisas obscuras, de visível matéria, algumas insondáveis, evitando o assunto de almas. Subiu ao cimo do monte. E ao ver o nome das pedras, que ninguém desvendava, leu, ali, "Deus". Viu a palavra "Deus". Falou para mim e para o povo. Foi quando Malaquias desapareceu. Ao descer da noite. Levado pelo Vento. E ninguém mais soube dele. Ficou deitado ao comprido, junto às pedras, pulsante e arrulhando, como um ramo de pombos, o cajado.

18.

O que uma civilização faz, outra necessariamente não fará. Porque as ruínas de uma podem ser a opulência de outra. Mas é preciso continuar o amor, continuar a resistência, a luta, continuar, para que o coração do homem não seja violado. E tudo tende a ser maior do que nós, se entendermos que nada é maior do que nós. Nada é maior do que o coração do homem.

19.

Um dos regentes, atrás do poder escondido, tinha o pensamento lapidado na leitura de Norberto Bobbio: ou usamos a tolerância com o povo, ou a perseguição. Mas tinha a astúcia de preferir a primeira. E os outros dois regentes o imitaram. Pois tolerar é amansar cinzas nas brasas.

20

O povo o que pensava?

Quem exprimia a opinião da maioria era Celina, operária da fábrica situada nos costados do monte: — Se ainda não podemos ter o Círculo que almejamos, que tenhamos o Círculo que é possível!

21.

O tempo imagina sozinho. Mas não sou sozinho de nada. O amor não conta imagens. E o Círculo só sabe rodar. E sua ferocidade ou benemerência é o fundo do coração humano.

E o tempo não admite interferência alguma. Não se compadece com a dor e o drama e o grito. O que vai girando, vai caindo. E o que parece cair, já está subindo.

22.

Cabeça baixa não uso de viver. Cabeça baixa nunca. E ninguém me há de pôr assim, mesmo que deseje.

E sabe-se do Vento os eflúvios, ruídos, faro. Não conheço as letras que ele escreve, mas sua música não sai dos ouvidos.

Só amor pode adoecer, não a palavra. Ela cura.

Amor não mente de ser verdade.

E vem o tempo, o tempo que tem chocalho de cascavel. E morde.

Só a palavra cura.

23.

Sou Vento e repito. E ele não me deixa baixar a cabeça.

É de outro lado: Vento virado para dentro de Deus.

E para atingir a serenidade, esta que me alcança, foi preciso correr mais depressa do que ela.

E como círculo, o texto se recusa a acabar.

Sou Vento. E saí de um ovo do ventre da morte. Agora estou vivo e não careço da morte para nada. Nem para ela mesma. E sou encantado de Deus.

Posfácio

O FEROZ CÍRCULO NEJARIANO, PORQUE O ALMAR É ETERNO NAS SOMBRAS E NO OLHAR DO HOMEM

Por Diego Mendes Sousa*

Delírios de imagens e uma elegante teoria da morte pairam nas páginas de *O Feroz Círculo do Homem*, obra-prima da literatura ficcional escrita hoje no mundo.

Em dez capítulos, escutamos a voz de Carlos Nejar ecoar no pensamento do relator Tibúrcio Dalmar, personagem enveredado na arte de guardar as sombras das almas no sótão de uma tenda localizada em Pontal do Orvalho — entre o cimo do monte e as margens do rio João Aragem — que toma a forma de uma Caverna circular, governada pelo enigmático Círculo.

Metalinguagem — introspecção de mitos — filosofia e poesia transpõem-se em ciclos eruditos neste romance de signo e mistério. Carlos Nejar usa a primeira pessoa para evocar seus conhecimentos e suas leituras, que perpassam de Platão a Norberto Bobbio, de Dante a Eliot, de Fernando Pessoa a Mário Quintana, de Kafka a Borges, de Confúcio a Hemingway, de Goethe a Pablo Neruda, sempre a elevar o texto sem banalizar a sua própria visão de mundo, em vasta perplexidade literária:

> Presos nos limites das cercas, criavam cercas em si mesmos.
> Porque resistir é devorar furiosamente o que nos devora.

---

* Diego Mendes Sousa (Parnaíba, PI, 1989) é escritor, jornalista e crítico literário; autor, entre outros, de *Metafísica do Encanto* e *Fogo de Alabastro*.

Quem não pode comer o sol, come o deserto.

E eu pensava: criar é tirar a alma do nada. Esquecer é tirar nadas da alma.

Suportei a dor de estar dentro de uma estrela.

Os achados da inteligência de Carlos Nejar são notáveis. Feroz é a morte com a sua ronda de caimento — rodopio de chamados — a arrastar o homem no círculo de sua cabala anunciativa.

Alma, sombra, sonho, amor, cão, cavalo, Deus, e, sobretudo, a Palavra, são reflexos simbólicos de uma cosmogonia enaltecida pelo universo nejariano, que busca o encantamento estético e a sobrevivência, na eternidade da Língua.

A palavra come a morte e depois fica jiboiando calada. E continua palavra, continua incessante, continua comendo a morte.

Nasci para fora da noite, com a boca nas estrelas. Sopro e elas ventam.

E reuniram-se os habitantes em torno dos círculos relampejantes, achando no ruído a voz de gerações.

Não sei quem sou, mas quem saberá? Não quis buscar um nome, que o nome me procurou: Tibúrcio Dalmar.

O Feroz Círculo do Homem é uma parábola do nosso tempo, onde a hipermodernidade devora os sons da primeira manhã. Carlos Nejar é testemunha da velocidade dos dias e da complexidade dos tormentos da humanidade, que sofre de uma doença nefasta: o esvaecimento das almas viventes.

Tive o privilégio de ver Deus dormindo e era tão belo!

E eu sou, serei o que não saiu da infância.

Cinzas, cinzas, cinzas. É onde irei sobreviver.

> Mas tendia a ser uma versão bárbara e bárbaros são os que residem no lado soturno do refúgio dos vivos.
>
> E pode o tronco do homem dormir no do cavalo? Ou pode Deus dormir onde a infância dorme? Quem me ouve, ao acordar dentro de uma pedra?

Destinado ao Belo, a narrativa de Carlos Nejar alça voos sobre a linguagem, desvendando a genialidade do seu arrebatado sopro criador, na metafísica alada dos passos oníricos.

> Como o gênio é punível ao ser qualidade do abismo.
> Amar, amar é um susto terrestre e não se volta atrás.
> A beleza das almas é tão feroz que ninguém resiste à sua luz.
> E a alma é seu próprio céu, ou seu inferno.
> Mas não se diz que alma caminha sozinha?
> Não me rio dos loucos, rio-me da petulante loucura.

Impactantes são os raros mas preciosos diálogos sobre o Amor. Tíbúrcio Dalmar tem por amante a artesã Lualva. A troca de lirismo entre ambos promove a tão almejada ascese artística — as sensações do espantoso nomear da vida:

> — Olhaste, olhaste bem?
> — Quem és que tanto desejo?
> — A natureza me concebeu assim, como a árvore as amoras.
> — Sem culpa. Somos felizes.
> — Amar é ir ficando nas coisas.
> — Não, não canso de ser feliz.
> — Sou pedra. Não escolhi. Posta na luz.
> — O amor é beleza e ameaça.
> — Não temo. Partilhamos.

— Temos tanta alma, que pouco nos serve o corpo, salvo para celebrar a alma.

— Às vezes corpo é alma.

— Sou meu corpo no teu.

— Está vertendo silêncio o amor.

— O silêncio vai-se cavando, cavando de amor.

— Não é preciso dizer tudo.

— Não dizemos nada em tudo.

— Quando a primeira vez que te abracei: tinha alma junto e se ocultou.

— Meu corpo no teu, como na candeia o lume.

— Somos de palavra uma só candeia. E é o fogo que tira o pó que vem sobre o amor.

— Eu te amo — falei. E o que se ama, se inventa.

— É o paraíso...

— É estarmos no mesmo grito.

O erotismo se revela com essa passagem memorável:

Havia uma mulher que eu amava e nem deixava de a alma ouvir. Que amor não tropeça nos ouvidos, entra de corpo e tudo. Era morena, encorpada, lastreada de curvas e volúpias, com olhos de riacho parado. E a levei para a tenda. Na cama solteira. Lualva se chamava e a lua queria cair do céu no abraço que a estreitei. E fizemos amor, tinha fala amor e vi que a alma que toma leme dos corpos. Era alma demais. E os lábios unidos, brancos brancos dentes e a língua exata e o céu dos céus nas bocas. E a boca de todos os escondidos céus. E estávamos no centro dos planetas, das estrelas maiores. E os seios brotavam com os córregos da noite. E o que pode parar o amor, senão quando a semente explode. E comemos a luz. E a luz também explode. Nem há limites de um corpo a outro, com a livre travessia do vento. E seu nome reverdece com a macieza da relva. Manhoso é pensar quando é o céu pode debaixo. E dormimos, dormimos, um dentro de outro, o arquejar de um no outro e tombava ouro, ouro entre os redondos orvalhos. E o fogo não sabe mais gemer nome algum. Noutra peça da tenda, os vasos das sombras das almas balbuciavam, arfantes. Pareciam querer sacudir a escuridão. E elas, ainda almas, mesmo sombras entendem de almas. E meu coração andava de um lado ao outro do peito, não cessava de galopar como se estendessem, velozes, pelos prados. E nas mãos dadas, nos dávamos o segredo dos cometas e nebulosas. E vi, convicto, de que é no amor que Deus dorme e é belo. Toda a alma se calibra noutra e continua sob o invólucro do mesmo e intenso clarão. Tudo vê o amor e as almas se defendem como pérolas dentro das ostras.

E o amor avança, avança dentro de uma estrela. E me esqueci do Círculo e ele me esqueceu. Vou empalhar a morte como um passarinho.

Carlos Nejar está entre os maiores bardos da Língua Portuguesa. Ele domina a arte da fabulação, um ritual para poucos. Somente os eleitos pelos deuses carregam a sina da profecia, dom ofertado aos Poetas natos.

Passou uma vaca diante de minha tenda e se vaca tem alma é nas patas ou nas tetas aliciantes.

E são escreventes e talvez ainda alinhavem suas poesias completas, com ritmos lactantes, de apreciável aceitação crítica.

A vaca tem a imortalidade no pelo e no farto ubre. E quem também a contemplou, passando e estava noutra tenda, foi o habitante do Círculo, Monterroso — humorista e perito em para-raios.

E a vaca mugia silêncios e versos com pés quebrados. Sim, até a vaca inventava. Por ser sonâmbula de imaginação.

A exaltação de Deus vem fortalecida na sibila do Círculo, composta por três *pedras redondas e brancas*, que, na profética tenda, se desvela apenas no próprio Deus.

Carlos Nejar traz uma imagética em permanente evolução. A alma se esconde nos olhos do homem e a sensibilidade torneia a morte, a anciã morte, a quem ninguém escapa de seus guizos. Eis a universalidade deste romance, feito das voracidades absolutas.

Sim, saí de uma semente, era um ovo de dentro da morte.

E as coisas se dão abaixo de mim, como o céu abaixo das estrelas. Não me acrescento de alma. E ela é o corpo de minha sombra. Sou de uma raça que não cai: só Deus sabe o que fazer de mim. As ruínas me trabalham. Eu não me curei de amor. E a morte me curou da morte.

Deu-me vontade de morar numa árvore na infância e tanta infância tive que nem deu tempo. Ao ter idades (sei que não possuo uma só), a tenda me basta, sinal de passagem, mas apenas posso aonde a palavra me levar.

E a convicção de que Deus não faz a mesma coisa duas vezes. Mas igualmente pode fazer a mesma coisa tantas vezes e ser diversa ou imponderável. Intuo que as almas têm duração que ninguém mede e se abotoam de tamanha claridade, que nem a claridade sabe. Isso se dá quando livres, isentas de corpo. E não podem descer entre graus do mesmo sonho.

Tudo o que é de alma é para dentro. E o povo de alma é de Deus. Não oculto ter aroma de árvore, desde menino. A boca soprada no tronco e o tronco subindo do sopro. Todo o sonho tem cheiro de árvore, por ser vegetal a luz. E a alma é vegetal e voa bem para dentro da luz.

Só que não disse qual seja, ou nunca saberá. E a verdadeira profecia é atestada apenas quando se cumpre. Dirá alguém: — Por que não se corrige a pedra circular puída?

A energia, ali, é tamanha, que aquele que a tocar pode ser fulminado. E ninguém — que se saiba — guarda a veleidade de morrer.

E a memória se escreve para dentro.

Além da sabedoria, o leitor encontrará em *O Feroz Círculo do Homem* um punhado de axiomas da safra poderosa e autêntica de Carlos Nejar, que servirá de guia para a tortuosa aventura humana, sem limites para a travessia, e com caminhos possíveis para a transcendência. Porque a realidade acaba na fantasia de outra realidade.

O que perturba na espécie humana é a acomodação ao que é terrível, ou devastador.

Todavia, um só louco é capaz de produzir muitos loucos.

O que é incurável, além dos cataclismos, é a ausência da humanidade entre os racionais e a compaixão insondável dos bichos.

Porque amizade é amor que não se conjuga.

Os sonhos não tiram férias — confirmo. Como o meu cão. E é gentilmente protestante. Nem as sombras das almas tiram férias. Nem Deus.

Se nada nos salva da sociedade, quem nos salvará de nós mesmos?

Nada dura eternamente, apenas a palavra. E que estranha criatura é o homem!

Tenho muita vida para esquecer.

E as sombras são retratos imaginários e documentados de almas.

Estou triste porque ainda não desfiz todas as pegadas no deserto. E alguém me reconhecerá.

E o tempo pode ser uma loucura, não a história.

Só não morro de essência por causa da palavra. E não consigo designar cada monte, cada estrela.

Nem chegarei antes de brotar com a palavra. Sou atirado como pedra num arco que não volta. E se não voltou, ficarei entre cometas e astros. Porque começo a perder a noção terrena, começo a ser outro em mim.

Não como o deserto, como a luz.

E o que não divulgo é esta condição de estar vivo, para que me deixem quieto, como um leão velho na toca. Não tentem me desafiar com vara curta ou longa. Não abandonei a natureza de leão. E o que é vivo, devora.

Os grandes olhos de meu cão se parecem com os de minha alma. E me vem o sussurro de voar e me elevo e não há olhos que me sigam. Sou espírito na espessa luz. Livre, cheio de vento. Sim, sou de vento — saibam todos! Sou de vento em vento e quem me agarra? Dou cambalhotas como garoto no ar que não tem musgo. E vou-me polindo de Deus. A quem não sabe, nem percebeu enquanto vivo entre todos, sou de vento, sempre residi nele. Quanto mais palavra me encobre, mais vento me torno.

Mas são sinos que não terminam, porque jamais somos terminados, salvo na eternidade. Morremos de viver.

Carlos Nejar é um mago da palavra, em altiplano linguístico. E das pedras do Círculo veio o inesperado, a redenção da derradeira Palavra:

E ao ver o nome das pedras, que ninguém desvendava, leu, ali, “Deus”. Viu a palavra “Deus”.

O principal predicado do romance de Carlos Nejar é levar-nos à reflexão, às substanciais dimensões de nossos comportamentos em sociedade.

Nejar é ave; *O Feroz Círculo do Homem*: rapina.

O AUTOR E SUA OBRA

Luís Carlos Verzoni Nejar, mais conhecido como Carlos Nejar, nasceu em Porto Alegre (RS) em 11.01.1939. Procurador de Justiça, atualmente aposentado, radicou-se na "Morada do Vento", em Vitória (ES). Pertence à Academia Brasileira de Letras, Academia Brasileira de Filosofia, PEN Clube do Brasil, Academia Espiritossantense de Letras. Recebeu a mais alta condecoração de seu Estado natal, o Rio Grande do Sul, "A Comenda Ponche Verde", e de Minas Gerais, "A grande Medalha da Inconfidência", em 2010. Recebeu, ainda, a "Comenda do Mérito Aeronáutico", no dia do Aviador, Rio. Chega aos setenta e cinco anos, graças a seu espírito renascentista, com fama de poeta reconhecido, tendo construído uma obra importante em vários gêneros — tanto no romance, quanto no teatro, no conto, na criação infantojuvenil — publicou, em 3ª edição, sua *História da Literatura Brasileira*, onde assinala a marca do ensaísta. É considerado um dos 37 escritores-chave do século, entre 300 autores memoráveis, no período compreendido de 1890-1990, segundo ensaio, em livro, do crítico suíço Gustav Siebenmann. (*Poesia y poéticas Del siglo XX em la América Hispana y El Brasil*, Gredos, Biblioteca Românica Hispânica, Madrid, 19970).

Teve sua *Poesia Reunida: A Idade da Noite e A Idade da Aurora*, Ateliê editorial de S. Paulo e Fundação da Biblioteca Nacional, 2002. Ao completar setenta anos, publicou a reunião da maior parte de sua poética, com *I. Amizade do mundo; II. A Idade da Eternidade*, editora Novo Século, São Paulo, 2009. *Odysseus, o Velho*, 2010. E *A Fúria Azul*, 2013, Ateliê Editorial, SP.

Suas Antologias foram: *De Sélesis a Danações* (Ed. Quíron, SP, 1975), *A Genealogia da Palavra* (Ed. Iluminuras, SP, 1989),

Minha Voz se chamava Carlos (Unidade Editorial-Prefeitura de PA, RS, 1994), *Os Melhores poemas de Carlos Nejar*, com prefácio e seleção de Léo Gilson Ribeiro (Ed. Global, S. Paulo, 1998); *Breve História do Mundo* (Antologia), Ediouro, prefácio e seleção de Fabrício Carpinejar, 2003, já esgotado.

Romancista de talento reconhecido pela ousada inventividade, entre suas publicações estão, *O Túnel Perfeito*, *Carta aos loucos*, *Riopampa, ou o Moinho das Tribulações* (Prêmio Machado de Assis, da Fundação da Biblioteca Nacional, em 2000) e *O Poço dos Milagres* (Prêmio para a melhor prosa poética da Associação Paulista de Críticos de Artes, São Paulo, 2005). É autor de *Teatro em versos:* Miguel Pampa, Fausto, Joana das Vozes, As Parcas, "Favo branco (Vozes do Brasil), *Pai das Coisas*, *Auto do Juízo Final* (Deus não é uma andorinha), Funarte, Rio, 1998.

Saiu também, em 2011, a 3ª edição de seus *Viventes* (trabalho de mais de trinta anos, espécie de "Comédia humana em miniatura"), que será encenada no teatro. Publicou, em 2012, *Contos Inefáveis*, pela editora Nova Alexandria, de São Paulo: *A negra labareda da Alegria*, romance, em 2013; *A vida secreta dos gabirus*, Record, e *Matusalém de Flores*, ed. Boitempo, 2014. Traduzido em várias línguas, tem sido estudado nas universidades do Brasil e do Exterior.

Este livro foi composto em Janson Text, corpo 11 por 14, e impresso sobre
papel Pólen Soft 80g/m^2, pela Gráfica EME, Av. Brig. Faria Lima, 1080,
V. Fátima, Capivari, Estado de São Paulo, Brasil, para a
Associação Cultural Letr*a*S*e*lvagem, em maio de 2015.